IEMANJÁ
e suas lendas

e suas lendas

ZORA SELJAN

IEMANJÁ
e suas lendas

São Paulo
2017

global
editora

© Roberto Seljan Braga, 2013
1ª Edição, Gráfica Record Editora, 1967
2ª Edição, Gráfica Record Editora, 1967
3ª Edição, Global Editora, São Paulo 2017

Jefferson L. Alves – diretor editorial
Gustavo Henrique Tuna – editor assistente
André Seffrin – coordenação editorial
Flávio Samuel – gerente de produção
Flavia Baggio – preparação de texto
Jefferson Campos – assistente de produção
Fernanda Bincoletto – assistente editorial
Tatiana F. Souza – revisão
Mayara Freitas – projeto gráfico
Soud – ilustração de capa
Eduardo Okuno – capa

Obra atualizada conforme o
NOVO ACORDO ORTOGRÁFICO DA LÍNGUA PORTUGUESA.

CIP-BRASIL. CATALOGAÇÃO NA PUBLICAÇÃO
SINDICATO NACIONAL DOS EDITORES DE LIVROS, RJ

S467i
3. ed.

    Seljan, Zora
    Iemanjá e suas lendas / Zora Seljan. – 3. ed. –
São Paulo : Global, 2017. : il.

    ISBN: 978-85-260-2341-3

    1. Iemanjá (Orixá). 2. Mitologia africana – Ficção.
3. Cultura popular – Brasil – Ficção. I. Título.

17-39904   CDD: 869.3
                                     CDU: 821.134.3(81)-3

Direitos Reservados

global editora e distribuidora ltda.
Rua Pirapitingui, 111 – Liberdade
CEP 01508-020 – São Paulo – SP
Tel.: (11) 3277-7999 – Fax: (11) 3277-8141
e-mail: global@globaleditora.com.br
www.globaleditora.com.br

Colabore com a produção científica e cultural.
Proibida a reprodução total ou parcial desta obra
sem a autorização do editor.

Nº de Catálogo: **3919**

A Antonio Olinto

Sumário

Lendas transcritas

Iemanjá e Orungan 17
Iemanjá e Orumila 19
Iemanjá e a negrinha 20
Mãe-d'Água 22
A Mãe-d'Água (1) 24
A Mãe-d'Água (2) 27

Lendas recebidas

Lendas recebidas 31
Iemanjá e Orungan 32
Iemanjá do rio Nilo 33
Nascimento da noite 34
A Senhora da Lua 37
O Malhado pernambucano e a serpente marinha 41
O noivo salvo das águas 44
O pescador dos arrecifes (Pernambuco) 45
A vela e o vento do mar 48
O peixe estranho da Ilha do Governador 49
O náufrago 53
O pescador mal-agradecido 56
A moça dormindo nas ondas 58
A menina do rio Xingu 60

Mãe-d'Água do Amazonas 62
O jovem imprudente 63
A mulher ciumenta 65
Uma cura no rio Verde 67
A moça da gaita de bambu no estado do Rio Grande do Sul 69
O licor de pequi 72
Os amantes do Engenho da Lagoa 74
Um mau senhor de escravos 78
Sexta-feira 13 ou dia aziago 79
Iemanjá e o Caipora 82
Candangos 86

Do material recebido por mim e por Jorge Amado separei 24 lendas da Mãe-d'Água.[1] A maioria delas foi enviada por Pedro Marcos Santana. Fez ele trabalho dedicado e consciencioso ao recolher em vários estados o material. Dá a origem das lendas, mas infelizmente não enviou os nomes e endereços dos seus informantes. Ouviu as estórias e anotou-as conservando quase sempre a linguagem dos narradores, como se deve fazer em trabalho de grafia da literatura oral, mas em certas ocasiões não resistiu à tentação de burilar um pouco a lenda. Pede ainda a Jorge Amado para reescrevê-las a fim de torná-las mais atrativas. Não chega contudo a sua intervenção a modificar o sentido da narrativa, acrescenta apenas alguns adjetivos, pormenores de caracteres ou de ambientes. Deixei a sua contribuição como veio e agradeço-lhe a boa intenção, o trabalho que teve, trabalho este que constitui a espinha dorsal do meu livro. Suas sugestões sobre a edição não puderam todas ser concretizadas por causa das diferenças que existem entre o que se imagina e a realidade das coisas, estas jamais são o que se deseja e, sim, o que é possível.

Não pude aproveitar as colaborações de outras pessoas que enviaram seus contos e suas músicas. Lenda não se inventa. Ouve-se contar e anota-se. A graça da lenda está no tempero do povo. Não se deve modificar a linguagem, permitindo-se apenas pontuar corretamente, corrigir concordâncias e plurais, desde que isso não nos altere o sentido. Lenda trabalhada literariamente deixa de ser lenda para tornar-se conto inspirado em lenda. Lenda é portanto um trabalho coletivo, cada narrador ao passá-la adiante "acrescenta um ponto" ou, melhor, enriquece-a depurando o inútil e valorizando o fundamental. A lenda vem carregada de amor, pode ser

---

[1] Esta terceira edição de *Iemanjá e suas lendas* reúne somente os textos recolhidos por Zora Seljan e faz parte de um projeto de reedição da obra da autora.(N. E.)

uma pequena obra-prima da criação popular e quase sempre encobre verdades profundas sob aparência fantástica, pois o povo é didático no que conserva; daí a força de uma herança cultural, fertilizando o terreno sáfaro das letras em épocas de esgotamento e decadência. A linguagem da lenda revela origem, caminho e estágio do seu desenvolvimento.

Resolvi classificar as lendas recebidas por assunto, em grupos referentes: à Iemanjá africana, à Iara indígena, ao mar, aos rios e fontes, à escravidão e ao culto de Iemanjá, ou melhor à sua devoção. Notar-se-á que apenas em duas lendas aparece a Iemanjá africana, sendo que uma delas jamais foi surpreendida entre a gente do candomblé, a que melhor conserva a lembrança da iabá iorubana. Trata-se da lenda do Coronel Ellis, a mesma traduzida por Nina Rodrigues e Arthur Ramos. De qual dos dois a teria retirado o informante? Seria por acaso de fonte já popular, oriunda da erudita? Infelizmente não há esclarecimento. O mesmo aconteceu com a outra lenda da Iemanjá africana, Iemanjá no Nilo e as lendas de evidente origem indígena, lendas de Mãe-d'Água, de Ceci, a dona da lua, todas sem indicação da fonte livresca.

Não é meu propósito estudar este material, que revela ângulos novos da cultura brasileira, inclusive o estar a literatura erudita influenciando a literatura popular. A propósito, lembro-me de uma anedota que nos contou, na África, Roberto Farris Tompson, sobre um antropólogo americano, em pesquisa numa aldeia nigeriana. Ouviu ele música lindíssima que imediatamente tratou de gravar. Perguntou aos cantadores se era muito antiga a canção, se pertencia a algum ritual misterioso. Informaram-lhe que a haviam aprendido com o último antropólogo que andara por lá e que afirmara ser a canção oriunda daquela terra. O antropólogo cantou-a, eles gostaram, aprenderam-na e passaram a repeti-la com muito prazer.

Nas 24 lendas recebidas nota-se que a influência da Iemanjá africana é pequena e isto talvez porque a fonte delas não é o candomblé baiano. Nosso material veio de gente que lê e sabe escrever. É material destilado. Revela os últimos degraus do sincretismo entre a Mãe-d'Água indígena, as sereias europeias e a Iemanjá africana para formar uma Iemanjá brasileira, misto de encantada e de Nossa Senhora.

Esta Iemanjá morena, nua ou vestida de branco, de cabelos soltos e andar leve, é encarnação nova de antigas fadas mouriscas e portuguesas, das sereias dos navegantes e náufragos, das mães-d'Água dramatizadas por índios.

Ao lado do aproveitamento espontâneo do conto popular aparecem as estórias inspiradas em casos de pescadores, casos que se passam em beira-rios ou junto de fontes, e, outros, longe da água, mas se referindo a uma devoção de Iemanjá.

O material é rico. Vejamos então sua origem. Segundo o informante Pedro Marcos Santana, o culto de Iemanjá é hoje no Brasil seita à parte, sem ligação com as outras seitas afro-brasileiras. Diz ele: "Amar Iemanjá é amar a natureza" e informa citando recortes de publicações: "O iemanjismo é hoje uma religião. Não é Umbanda, Quibanda ou Candomblé, embora normalmente sejam iemanjistas todos os adeptos destas seitas. O iemanjismo não admite templos nem rituais. Prescinde de líderes e é praticado individualmente de acordo com os sentimentos de cada crente" (*O Cruzeiro*, 25 jan. 1964, reportagem de João Belém).

"Cada um segue Iemanjá com a liberdade de culto que não existe em qualquer religião, praticada ou extinta. Iemanjá, uma esperança no futuro e uma certeza no presente" (Pedro Arraes Cavalcante, "Pergunte ao João", *Jornal do Brasil*, 30 jul. e 7 jul. 1963). E segue: "Apresenta o iemanjismo uma evolução progressiva na aculturação natural do culto. Nesse sentido pretendem alguns iemanjistas apresentar as fases principais da aculturação de Iemanjá que seriam em linhas gerais as seguintes: primeiro, segundo tudo leva acreditar, metade mulher, metade peixe, feita sereia, ainda adorada na macumba e em alguns candomblés, depois moça morena virgem nua de longos cabelos pretos sobraçando flores alvas e palmas verdes, caminhando sobre as águas, acolitada de peixe, com muito de índia, finalmente a mesma virgem, com essa e outra feição de moça branca morena, vestida de túnica esvoaçante e caminhando sobre as águas, com ou sem peixes e flores".

Comenta Marcos Santana: "Todas as três formas de Iemanjá continuam sendo válidas, sendo cultuadas e adoradas: a sereia, a moça nua e a vestida de túnica. Já disse alguém que a deusa do amor para as matronas está de túnica, para as moças, nua".

Foram os iemanjistas que iniciaram uma campanha, em todo Brasil, pedindo que enviassem lendas de Iemanjá para Jorge Amado escrever um livro. O apelo era diariamente dirigido a diretores de jornais e seções literárias, a cronistas etc. Chegaram então os primeiros originais ao editor de Jorge Amado, José de Barros Martins. E foram chegando outros e aparecendo novos recortes. Jorge, surpreso pela insistência do pedido e ao mesmo tempo preocupado por não ser livro de pesquisa o seu gênero, viu-se seriamente embaraçado para atender a campanha que se avolumara. Teve então uma saída que coincidiu com o meu desejo. Achou que eu era a pessoa indicada para fazer o livro e enviou-me os originais dando entrevistas às colunas literárias.

Os iemanjistas a princípio ficaram decepcionados. Não me aceitaram senão depois que souberam ser eu autora de vários livros sobre a mitologia afro-brasileira e ter vivido na África.

Creio que não ficarão muito satisfeitos com o resultado. Imaginavam ver as estórias de Iemanjá naquele estilo poético e forte de Jorge Amado, constituindo cada uma delas prazer para o leitor e enlevo para o filho da fé. Em vez disto eu lhes devolvo um espelho: as lendas estão como vieram, meu livro é de pesquisa, sem preocupações literárias. Da minha parte declaro que tive muita alegria ao escrevê-lo. Nunca pensei que o livro encomendado pudesse agradar tanto a quem o fez, e a experiência provou o contrário. Quanto aos iemanjistas, que se conformem com o futuro romance de Jorge Amado: contará ele uma guerra de gente de santo, com interferências dos orixás, que será belo como a Ilíada.

Antes das lendas recebidas resolvi colocar algumas lendas de Iemanjá e da Mãe-d'Água publicadas em livros, numa pequena coleção capaz de orientar os interessados.

Resta agradecer a todos os que ajudaram a fazer o trabalho, principalmente aos narradores anônimos das lendas.

Zora Seljan

Lendas transcritas

Iemanjá e Orungan

(*Os africanos no Brasil*, Nina Rodrigues)

I

"Do consórcio de Obatalá, o céu, com Odudua, a terra, nasceram dois filhos, Aganjú, a terra firme, e Iemanjá, as águas. Desposando seu irmão Aganjú, Iemanjá deu à luz Orungan, o ar, as alturas, o espaço entre a terra e o céu. Orungan concebe incestuoso amor por sua mãe e, aproveitando a ausência paterna, raptou-a e a violou. Aflita e entregue a violento desespero, Iemanjá desprende-se dos braços do filho, foge alucinada, desprezando as infames propostas de continuação às ocultas daquele amor criminoso. Persegue-a Orungan, mas, prestes a deitar-lhe a mão, cai morta Iemanjá. Desmesuradamente cresce-lhe o corpo, e dos seios monstruosos nascem dois rios que adiante se reúnem, constituindo uma lagoa. Do ventre enorme que se rompe, nascem:

    Dadá, deus ou orixá dos vegetais;
    Xangô, deus do trovão;
    Ogum, deus do ferro e da guerra;
    Olokum, deus do mar;
    Oloxá, deusa dos lagos;
    Oiá, deusa do rio Níger;
    Oxum, deusa do rio Oxum;
    Obá, deusa do rio Obá;
    Okê, orixá da agricultura;
    Oxóssi, deus dos caçadores;
    Okê, deus das montanhas;
    Ajê Xalugá, deus da saúde.

Xankpannã, deus da varíola.
Orum, o sol.
Oxu, a lua.

É de crer que esta lenda seja relativamente recente e pouco espalhada entre os Nagôs. Os nossos negros que dirigem e se ocupam do culto iorubano, mesmo dos que estiveram recentemente na África, de todo a ignoram e alguns a contestam."

II

(*O folclore negro no Brasil*, Arthur Ramos)

"Pode-se dizer que é com o casamento de Obatalá, o céu, com Odudua, a terra, que se iniciam as peripécias místicas dos deuses africanos da Costa dos Escravos. Deste consórcio nasceram Aganjú, a terra, e Iemanjá, a água. Como nas velhas mitologias, aqui também, terra e água se unem. Iemanjá desposa o seu irmão Aganjú e tem um filho, Orungan. Orungan, o Édipo africano, representante de um motivo universal, apaixona-se por sua mãe, que procura fugir-lhe aos ímpetos arrebatados. Mas Orungan não pode renunciar àquela paixão insopitável. Aproveita-se, certo dia, da ausência de Aganjú, o pai, e decide-se a violentar Iemanjá. Esta foge e põe-se a correr, perseguida por Orungan. Ia este quase a alcançá-la, quando Iemanjá cai ao chão, de costas. E morre. Então começa o seu corpo a dilatar-se. Dos enormes seios brotam duas correntes d'água que se reúnem mais adiante até formar um grande lago. E do ventre desmesurado, que se rompe, nascem os seguintes deuses: Dadá, deus dos vegetais; Xangô, deus do trovão; Ogum, deus do ferro e da guerra; Olokum, deus do mar; Oloxá, deusa dos lagos; Oiá, deusa do rio Níger; Oxum, deusa do rio Oxum; Obá, deusa do rio Obá; Orixá Okê, deus da agricultura; Oxóssi, deus dos caçadores; Okê, deus das montanhas; Ajê Xalugá, deus da riqueza; Xapanan (Xankpannã), deus da varíola; Orum, o sol; Oxu, a lua."

Iemanjá e Orumila

(Transcrita no *Dicionário do folclore brasileiro*, de Câmara Cascudo, e colhida por Roger Bastide: *O Candomblé da Bahia*)

"Um dia Orumila, também chamado de Ifá, o adivinho, santo poderoso, saiu do seu palácio para dar um passeio. Ia com todo o seu acompanhamento, os exus que são seus escravos. Chegado em certo lugar, deparou-se com outro cortejo, onde a figura principal era uma mulher linda. Ele parou assim assombrado por tanta beleza. Chamou um dos seus exus e mandou-o ver quem era aquela mulher. Exu chegou defronte dela, fez 'odubale' e apresentou-se dizendo ser escravo do senhor poderoso Orumila, que mandava perguntar quem era ela. Ela disse que era Iemanjá, rainha e mulher de Oxalá. Exu voltou à presença de Oramila e disse quem era ela. Ele então mandou-lhe um recado de que desejava 'ter uma conversa com ela' no seu palácio. Iemanjá foi embora e não acedeu logo ao pedido de Orumila, mas um dia foi falar com ele." – Não se sabe que conversa foi essa, diz o narrador com malícia, mas o certo é que ela ficou grávida dele. [...] Quando nasceu a criança, Orumila mandou Exu Baba – o mais velho dos exus e seu secretário – verificar se o 'omolei' (a criança) tinha um caroço, sinal ou mancha na cabeça, indício certo de ser filho dele.

Iemanjá e a negrinha

(*Os africanos no Brasil*, Nina Rodrigues)

"Era um dia uma menina que a madrasta ou a dona da casa maltratava muito, obrigava-a a trabalhos muito pesados, ao passo que a sua filha não fazia nada, vivia passeando, deitada ou dormindo.

Um dia que a menina não pôde vender todo milho d'Angola que tinha levado à feira e perdeu uma parte dele, resolveu ir por aí afora a buscar a terra das fadas.

Começou a seguir um caminho muito longo. Lá adiante encontrou Acarajé e pediu-lhe que lhe ensinasse a estrada. Acarajé disse-lhe que o ajudasse a preparar-se que lhe ensinaria o caminho. Ela o fez de boa vontade e ele indicou-lhe a estrada. Andou, andou e lá adiante encontrou umas pedras com forma de gente que lhe pediram que ela lhes colocasse melhor. A menina com muito esforço conseguiu fazer e as pedras lhe ensinaram o seu caminho. Adiante encontrou Adjinacu (Kágado) que também lhe pediu para ajudá-lo no serviço que estava fazendo e a menina prestou-se de boa vontade. Também Adjinacu mostrou-lhe o seu caminho. Muito adiante encontrou uma onça parida, a quem pediu que ensinasse o caminho e a onça lhe perguntando se não tinha medo de ser comida, respondeu que a comesse logo para acabar a sua lida. A onça ensinou-lhe o caminho. Adiante encontrou um menino que batia feijão. Pediu que lhe ensinasse o seu caminho, o menino disse que o fazia se ela o ajudasse. Prontamente o fez e o menino ensinou-lhe o caminho. Seguiu e depois de andar muito chegou a um lugar em que um cachorro latiu. Perguntaram — 'Quem está aí?' Disseram-lhe: 'Entre'. Ela passou e encontrou a Mãe-d'Água, Iemanjá, com seus cabelos cheios de alfinetes, a qual pediu à menina que a catasse. A menina começou a catá-la, ficou com os dedos ensanguentados e sem dizer nada, sem se queixar, ia enxugando o sangue no corpo.

Então a Mãe-d'Água escolheu seis entre as muitas cabacinhas e deu-as à menina, dizendo que voltasse para casa, daí a meia légua quebrasse duas cabacinhas, no meio do caminho quebrasse outras duas e em casa quebrasse as que restassem.

A menina fez assim. Daí a meia légua quebrou as duas cabacinhas e para logo saíram um cavalo todo arreado e muitos escravos que a queriam conduzir na cabeça. No meio do caminho quebrou as duas outras e saíram muitos animais, rebanhos com a gente para conduzir. Quando quebrou as últimas em casa saiu tanta riqueza que o dinheiro não cabia na casa.

A madrasta vendo aquilo e muito invejosa disse à filha que a enteada tinha ido aonde ela não sabia para buscar tanta riqueza.

A filha indagou o que a outra tinha feito e foi também à terra das fadas. Seguiu viagem. Encontrou Acarajé que lhe perguntou aonde ela ia. Ela respondeu que não queria saber. Depois encontrou as pedras que lhe fizeram o mesmo pedido que à outra menina. Ela respondeu que não estava para machucar suas mãos. A Adjinacu que lhe perguntara aonde ia, ela respondeu que não era da sua conta. Disse-lhe Adjinacu: 'Aqui está o caminho, vai, vai'. À onça e ao menino, que batia feijão, ela não quis ajudar e respondeu que não era da conta deles aonde ela ia.

Finalmente chegou onde estava a Mãe-d'Água. E como esta convidasse a catá-la, respondeu que não estava para ferir suas mãos.

Mãe-d'Água deu-lhe então três cabaças: uma para ser quebrada no meio do caminho, outra perto de casa e outra em casa.

Quando quebrou a primeira saiu de dentro uma cobra que se pôs a picar a torto e a direito, deixando todos aleijados. A menina só pôde escapar correndo muito. Quando perto de casa quebrou a outra, de dentro saíram animais ferozes que a perseguiram até em casa. Quebrou a última dentro de casa e de dentro saiu uma onça que comeu a gente dela toda."

Mãe-d'Água

(Contos populares do Brasil, Sílvio Romero)

Foi uma vez havia uma princesa, que era filha de uma fada e do Rei da Lua. A fada ordenou que a princesa fosse a rainha de todas as águas da Terra e governasse todos os mares e rios. Mãe-d'Água, assim se ficou chamando a princesa. Era muito bonita, e muitos príncipes se apaixonaram por ela. Mas foi o filho do Sol que veio a se casar com ela, ao depois de ter vencido todos os seus rivais em combate. Quando se deu o casamento houve muitas festas e danças e banquetes, que duraram sete dias e sete noites. As festas foram na casa do Rei da Lua; acabadas elas os noivos partiram para a casa do Sol. Aí a princesa Mãe-d'Água disse a seu marido que desejava passar com ele todo o ano, exceto três meses, que havia de passar com sua mãe. O príncipe consentiu, porque fazia em tudo a vontade de sua mulher. Todos os anos a Mãe-d'Água ia passar com a sua mãe debaixo do mar num rico palácio de ouro e de brilhantes os três meses do contrato. No cabo de muito tempo a nova rainha deu à luz um príncipe. Quando a princesa teve de ir de novo visitar a fada, sua mãe, quis levar o principezinho, mas o rei não consentiu; e tanto rogou e pediu, que a rainha partiu sozinha recomendando ao marido que tivesse muito cuidado com o filho. Chegando ao palácio da fada, a princesa a não encontrou, porque ela estava mudada em flor. A moça desesperada começou a correr mundo, procurando sua mãe. Ela então perguntou aos peixes dos rios, às areias do mar, às conchas das praias por sua mãe, e ninguém lhe respondia. Tanto sofreu e se lastimou que afinal o rei das fadas teve pena dela e perdoou sua mãe, que se desencantou. Ambas, mãe e filha, se largaram a toda pressa para a casa do rei filho do Sol. Mas tinha-se já passado tanto tempo que o rei, vendo que sua esposa não vinha mais, ficou muito desesperado. Correu então o boato que a rainha tinha se apaixonado por um príncipe estrangeiro e tinha por isso deixado de voltar. O rei, visto isto, se casou com outra princesa, que começou logo a maltratar o principezinho, botando-o na cozinha como um negro. Quando a rainha ia chegando, a primeira pessoa que viu foi seu filho todo maltratado e sujo, e logo o conheceu e soube de tudo. Ela fugiu então com ele para o fundo das águas, e por sua ordem elas começaram a subir, até cobrirem o palácio, o rei, a rainha e todos os embusteiros da corte. Nunca mais ninguém a viu, porque quem a vê fica logo encantado e cai n'água e se afoga.

A Mãe-d'Água ①

(*O folclore no Brasil*, Basílio de Magalhães)

Era um homem muito pobre, que tinha sua plantação de favas na beira do rio; quando, porém, elas estavam boas de colher, não apanhava uma só, porque, da noite para o dia, desapareciam. Afinal, cansado de trabalhar para os outros comerem, tomou a resolução de ir espiar quem era que lhe furtava as favas.

Um dia, estava de espreita, quando viu uma moça, bonita como os amores, no meio do faval, abaixo e acima, colhendo as favas todas. Foi, bem sutil, bem devagarinho, e agarrou-a dizendo:

— Ah, é você que vem aqui apanhar as minhas favas? Você agora vai é para a minha casa, para se casar comigo.

Gritava a moça, forcejando por se libertar das unhas do homem:

— Me solte! Me solte, que eu não apanho mais as suas favas, não.

Porém o homem, sem querer largá-la. Finalmente, disse a moça:

— Está bem. Eu me caso com você, mas nunca arrenegue de gente de debaixo d'água.

O homem disse que sim. Levou-a e casou-se com ela. Tudo quanto possuía aumentou como milagre, num instante. Fez logo um sobrado muito bom, comprou escravos, teve muitas criações, muitas roças, muito dinheiro, enfim.

Depois de passado bastante tempo, a mulher foi ficando desmazelada, que uma coisa era ver e a outra contar. Parecia de propósito. Não dava comida aos filhos, que viviam rotos e sujos. A casa estava sempre desarrumada, cheia de cisco. Os escravos, sem ter quem os mandasse, não cuidavam do serviço e só andavam brigando uns com os outros. Ela, descalça, com o vestido esfarrapado, os cabelos alvoroçados, levava o dia inteiro dormindo.

Enquanto o pobre homem estava na rua, nos seus negócios, estava sossegado; mas, assim que punha o pé dentro de casa, era uma azucrinação em cima dele, que só lhe faltava endoidecer. Choravam os meninos — com fome:

— Papai, eu quero comer... Papai, eu quero comer...

Os escravos:

— Meu senhor, fulano me fez isso. Beltrano me fez aquilo.

Um inferno! Vivia zonzo de tal forma, que pouco parava em casa. Um dia, muito aporrinhado da vida, disse baixinho:

— Arrenego de gente de debaixo d'água...

Aí a moça que só vivia esperando por aquilo mesmo para ir-se embora, porque ela era a Mãe-d'Água e andava doida por voltar para o seu rio, levantou-se mais que depressa e foi saindo pela porta afora, cantando:

— Zão, zão, zão, zão,
   Calunga,
Olha o munguelendô,
   Calunga,
Minha gente toda,
   Calunga,
Vamo-nos embora,
   Calunga,
Para a minha casa,
   Calunga,
De debaixo d'água,
   Calunga,
Eu bem te dizia,
   Calunga,
Que não arrenegasses,
   Calunga,
De gente de debaixo d'água,
   Calunga.

O homem espantado gritou:

— Não vá lá não, minha mulher!

Mas, qual! Em seguida à moça foram saindo os filhos, os escravos e criações: bois, cavalos, carneiros, porcos, patos, galinhas, perus, tudo, tudo. E o pobre do homem, com as mãos na cabeça, gritando:

— Não vá lá não, minha mulher!

Ela, continuando o seu caminho, nem ao menos olhava para trás, cantando sempre:

— Zão, zão, zão, zão.
    Calunga,
etc.

Depois da gente e dos bichos, foram saindo pela porta afora a mobília, a louça, as roupas, os baús e tudo que estava em cima deles, comprado com o dinheiro dela. O homem correu atrás, vestido já na sua roupa do tempo em que era pobre, gritando:

— Não, vá lá não, minha mulher!

Foi o mesmo que nada. Por fim acompanharam-na a casa, telheiro, galinheiros, cercados, currais, plantações, árvores e o mais. Chegando à beira do rio, a moça e todo o seu acompanhamento foram caindo n'água e desaparecendo.

O homem foi viver pobremente, como dantes, do seu faval. Também a Mãe--d'Água não buliu mais na sua roça.

A Mãe-d'Água (2)

(*O folclore no Brasil*, Basílio de Magalhães)

Era um homem muito pobre. Então, sempre que ele ia para a roça, encontrava a Mãe-d'Água, sentada numa pedra à beira do rio, com os cabelos soltos. Um dia ele foi bem devagar e agarrou-a pelas costas. Depois de um trabalho enorme, conseguiu levá-la para casa e casou-se com ela. Porém ela recomendou-lhe, antes de se casar, que nunca arrenegasse de gente de debaixo d'água.

Desde o dia em que o homem se casou com a Mãe-d'Água, as coisas começaram a lhe correr bem. Fez um sobrado muito bonito, teve muitos escravos, muito gado e muitas terras. A princípio, viveu em harmonia com a mulher, mas, quando ela entendeu de ir-se embora, começou a aborrecê-lo todos os dias, por todos os meios e modos. A casa estava sempre desarrumada e sem varrer, a comida era malfeita, os meninos andavam sujos e não a ouviam, nem os escravos a obedeciam. Era uma bacafuzada em casa, que até metia medo. Tudo só por fazer com que ele se zangasse. Um dia o homem não pôde mais aturar calado aquele inferno e, arreliado com tanta consumição, disse bem baixinho:

— Arrenego de gente de debaixo d'água!

No mesmo instante a moça se levantou da cadeira onde estava sentada, e ele ouviu aquele estalo muito forte — traco! —, abrindo-se um enorme buraco no meio da sala. Aí ela se pôs a cantar:

— Minha gente toda
É de xambariri,
Cai, cai, cai,
No mundé.

A esta voz todos os que estavam dentro da casa, filhos, escravos e empregados, foram chegando para a beira do poço e caindo dentro dele. Quando acabou de cair aquele bandão de gente, ela cantou:

— Este dinheiro todo,
etc.

O dinheiro que havia em casa, moedas de ouro, de prata e de cobre, foi caindo no poço; tlim, tlim. Depois cantou:

— Estes bichos todos,
etc.

Lá se vão os bois, vacas, porcos, carneiros, galinhas, tudo quanto era criação, enfim. Aí, ela cantou:

— Também esta casa,
etc.

A casa caiu no poço e ela caiu atrás da casa. Tudo virou chão desaparecendo o poço. O homem ficou pobre, pobre, como era dantes.

Lendas recebidas

Lendas recebidas

As de origem africana: "Iemanjá e Orungan" e "Iemanjá do rio Nilo".

As de origem indígena: "Nascimento da noite" e "Senhora da Lua".

As do mar: "O Malhado pernambucano e a serpente marinha", "O noivo salvo das águas", "O pescador dos arrecifes", "A vela e o vento do mar", "O peixe estranho da Ilha do Governador", "O náufrago", "O pescador mal-agradecido" e "A moça dormindo nas ondas".

As dos rios e fontes: "A menina do rio Xingu", "Mãe d'-Água do Amazonas"; "O jovem imprudente", "A mulher ciumenta", "Uma cura no rio Verde", "A moça da gaita de bambu" e "O licor de pequi".

As de escravos: "Os amantes do Engenho da Lagoa" e "Um mau senhor de escravos".

As de devoção a Iemanjá: "Sexta-feira 13", "Iemanjá e o Caipora" e "Candangos".

Iemanjá e Orungan

Certo dia, tão distante que se perde nos tempos, Obatalá, o Céu, casou-se com Odudua, a Terra-Universo, nascendo Aganju, a Terra, e Iemanjá, a Água, fonte de toda a vida sobre a Terra.

Da união da Terra e da Água, pelo casamento de Iemanjá com seu irmão Aganju, nasceu um filho, Orungan.

Anos depois, atraído pela beleza e inteligência de Iemanjá, Orungan apaixonou-se por sua mãe, que procurou fugir-lhe aos ímpetos arrebatados. Mas Orungan não pôde renunciar àquela paixão ardente e insopitável.

Certa noite, aproveitando-se da ausência do pai, decide-se a violentar Iemanjá. Esta foge alucinada e põe-se a correr por campos, vales e florestas, perseguida por Orungan.

Ia este quase a alcançá-la, quando Iemanjá cai ao chão, de costas, pedindo a proteção de Obatalá. E morre, fitando a lua brilhante e as estrelas incandescentes.

Então começa o seu corpo a dilatar-se. Dos seios que se avolumam e não param de crescer, brotam duas correntes de água que formam rios e lagos, grandes rios e lagos que não param de correr a transformarem-se em mares. E do ventre desmesurado, que se rompe em trovão, nascem os seguintes deuses: DADÁ, deus dos vegetais; XANGÔ, deus do trovão; OGUM, deus do ferro e da guerra; OIÁ, deusa do rio Níger; OXUM, deusa do rio Oxum; OBÁ, deusa do rio Obá; ORIXÁ OKÊ, deus da agricultura; OKÊ, deus das montanhas; AJÊ XALUGÁ, deus da riqueza; XAPANAN, deus da varíola; ORUM, o sol; OXU, a lua.

Iemanjá, a Deusa-Mãe e única, Senhora das águas e Rainha dos Mares e Mãe dos Peixes, é a Deusa da Vida.

Iemanjá do rio Nilo

Certo dia, no começo do mundo, a Lua mandou à Terra um ser diferente, o Homem. Este vivia triste e aborrecido como único ser racional na imensidade das florestas, quando um dia sua atenção foi despertada por suave melodia que vinha embalada pelo vento das bandas de certo rio. Aproximando-se do rio, qual não foi o seu espanto ao ver sair das águas um ser semelhante a ele, uma mulher, bela e formosa de longos cabelos pretos, pela qual se apaixonou loucamente, arrebatando-a das águas e levando-a consigo.

Da união nasceram muitos e belos filhos, que povoaram o vale do Nilo e dirigiram-se para o sul, formando o coração da África e povoando o mundo.

Quando o homem morreu, Iemanjá voltou às águas, de cuja profundeza, o seu reino, só sai nas noites de lua cheia para elevar preces e lançar bênçãos aos que amam e se reproduzem.

Nascimento da noite

No princípio do mundo não havia noite. Somente dia havia em todo o tempo, um longo dia que ninguém conhecera o princípio nem os espíritos adivinhavam o fim.

A Terra era incandescente de sol e os homens escuros, queimados do calor abrasador. Os animais falavam com os homens e todos viviam em paz e felizes.

A noite estava adormecida no fundo das águas e a Lua escondida.

Certa vez, esbelto moço que vivia à beira do rio encontrou, brincando com lindos macacos e belas araras, esbelta moça virgem de longos cabelos pretos e casou-se com ela.

O moço tinha dois irmãos muito feios, que viviam com ele naquele paraíso. Ele os chamou e disse-lhes:

— Ide pescar, porque minha mulher quer comer peixe e não quer dormir comigo.

Foram-se os irmãos em procura de peixe e então ele chamou sua mulher para dormir. A moça respondeu-lhe:

— Quero comer peixe e ainda não é noite. Só durmo contigo quando for noite.

— Os meus irmãos foram pescar e não há noite. Só dia.

A moça falou:

— Há noite, sim. Se queres dormir comigo caça no Rio Grande a noite, que vive lá escondida.

O moço respondeu:

— A noite é muito escura. Ninguém vê nada. O jacaré amarelo pode enfeitiçar-nos e os espíritos levarem-nos para os buracos de fogo.

A moça respondeu:

— Quando caçares a noite, descobres a Lua. A noite será iluminada pela Lua, e tudo brilhará de noite.

O moço chamou os irmãos e contou o sucedido, e a moça mandou-os ao Rio Grande para trazerem a noite e descobrirem a Lua.

Foram os moços para o Rio Grande procurar a noite. Já haviam passado as cachoeiras e atravessado os igarapés, subindo o grande rio e nada de encontrarem a noite.

O calor abrasava e a água do grande rio escaldava. Resolveram descansar junto dumas tucumãs e adormeceram profundamente.

Durante o longo sono dos moços, saiu do Rio Grande a Senhora das Águas que ficou por ali à espera que descansassem, deslizando nas águas mansas e tranquilas do rio. E, quando os moços acordaram, apontou para o Rio Grande, lá muito em cima onde fumaça branca saía das águas, e lhes disse:

— A noite mora ali. É uma grande capivara branca. Vão e agarrem a capivara, e não a deixem fugir senão perde-se a noite.

Foram-se os moços e agarraram a capivara branca, linda capivara grande e brilhante, ouvindo-se logo de todos os lados o barulho dos grilos, dos sapinhos e outros bichos que só cantam de noite.

Quando já estavam de volta foram atraídos por estranho barulho nas águas do Rio Grande e, aproximando-se mais, viram a Senhora das Águas acompanhada de muitos peixes e capivaras de todas as cores, que evoluíam e faziam diabruras. Continuando a olhar para a Senhora das Águas, os peixes e as capivaras, foram descendo o rio, até que cansaram de tanto andar e do calor e resolveram sentar-se no chão junto da água, esquecendo-se da capivara branca que fugiu e de repente tudo escureceu.

Um deles disse:

— Nós estamos perdidos porque a moça, lá embaixo, já sabe que nós perdemos a capivara branca.

Eles, contudo, seguiram viagem, esquecidos do irmão e da moça e pensando só na Senhora das Águas e nas lindas capivaras do grande rio.

A moça, lá embaixo, disse então ao marido:

— Eles soltaram a noite e se perderam. Nunca mais voltarão.

— Vamos esperar que a Lua se esconda e apareça a manhã.

A noite era grande e não acabava mais. A mulher disse então ao marido:

— Vou separar a noite do dia.

Foi para o rio banhar-se e logo viu muitas capivaras de todas as cores, acompanhando grande e linda capivara branca, que fugiram e se esconderam, e logo começou a romper a madrugada.

De então para cá passou a existir noite e dia e todas as capivaras só vivem à beira d'água, onde se refugiam assim que pressentem algum perigo, passando todo o dia escondidas e só saindo para anunciar a noite. E de noite, assim que as capivaras abandonam os esconderijos, a Senhora das Águas as protege e as acompanha para lembrar que de noite tudo se perde ou se reproduz e se multiplica.

A Senhora da Lua

Certo moço, muito bonito e forte, vivia num grande arraial onde havia poucos moços e muitas moças. Todas as noites dançavam e cantavam no terreiro, sempre as moças disputando o mais esbelto e forte que era também o mais esquivo de todos.

Algumas noites o moço, por volta da meia-noite, costumava sumir do terreiro, desaparecendo do arraial e deixando as moças aflitas. Ninguém sabia para onde ia.

Algumas moças mais apaixonadas juntaram-se e resolveram descobrir para onde ia o moço à meia-noite. Se fosse para encontrar mulher de outro arraial ou fazenda, ou mesmo índia, matariam a rival ou amante.

Uma noite de luar, quando a noite estava clara como se dia fosse, o moço saiu de casa e foi direto para a cachoeira da mata, onde as moças costumavam se banhar.

As moças, conhecendo bem o caminho que percorriam constantemente, mesmo de noite, foram atrás do moço.

Quando ele chegou lá, sentou-se em cima de uma pedra preferida pelas moças para se lavarem e olhou direto para a Lua.

As moças foram todas chegando-se para mais perto. Então viram sair da água uma linda Senhora de lindos cabelos pretos e rosto brilhante como a Lua.

As moças estavam encandeadas e sentiam a mesma sensação de estar olhando para a Lua. Perderam o fôlego, e o coração tremia diante do fogo da Senhora, não podendo andar nem falar.

A Senhora que saiu das águas encaminhou-se para a pedra e abraçou-se com o moço, beijando-o longa e amorosamente. Depois rolaram de cima da pedra e desapareceram nas águas revoltas da cachoeira, sempre abraçados e beijando-se.

Todas as moças tremiam, presas ao chão e sem forças nem para falar, quanto mais andar ou correr. Só sentiam medo, um medo terrível enquanto tudo parecia girar em sua volta, como se tivessem bebido.

Quando a Lua começou a virar para o outro lado, todas as moças tiveram a impressão que a Senhora bonita e brilhante subira para a Lua, desaparecendo em seguida.

Olhando instintivamente para a pedra da cachoeira, lá estava novamente o moço, de roupa seca e irradiando alegria, olhando extasiado para a Lua.

Resolveram todas voltar para casa e não contar a ninguém o que haviam visto. De volta a casa foram deitar-se, e dormiram profundamente, tendo que ser acordadas para irem trabalhar.

Mas nesse dia as moças não se lembravam mais o que tinham visto na noite passada. Elas pensavam que só tinham sonhado, um sonho lindo e maravilhoso que até metia medo e fazia tremer, olhando-se desconfiadas umas para as outras.

Assim elas passaram esse dia sem conversar sobre a noite anterior.

A noite chegou, e todas foram dançar e conversar no terreiro do arraial. Grossos pingos de água e ameaças de fortes chuvas interromperam as danças, obrigando todos a fugirem para suas casas e alojamentos. Duas mocinhas, das mais bonitas do arraial, resolveram abrigar-se num estábulo para conversar sobre os rapazes e deixar passar a chuva, quando viram o moço embrenhar-se na mata em direção à cachoeira, e foram atrás dele curiosas por descobrirem quem seria a preferida.

Quando chegaram na cachoeira, já o moço estava sentado na pedra, meditando tristemente. A noite estava escura e da mata saíam uns ruídos estranhos, misturando-se com o barulho da cachoeira e fazendo tremer as moças.

As nuvens que encobriam a Lua ameaçavam lançar um dilúvio sobre a Terra, a qualquer momento. As moças sentiam medo e tremiam de frio, não sabendo o que fazer; e não queriam chamar o moço para não revelarem a sua presença.

A tempestade continuava e as nuvens aumentavam quando as moças começaram a sentir pena do moço, que já todo molhado continuava pensativo e tremendo de frio, na pedra da cachoeira. Uma das moças disse para a outra: vamos procurar o moço e agradá-lo. Talvez uma de nós seja a preferida. Cada vez vai uma procurar o moço. E assim fizeram.

A primeira moça que foi ter com o moço abraçou-o, beijou-o longamente, alisou-lhe o cabelo, aqueceu-o com o seu corpo quente e amoroso, e ele não fez nada. Ele nem olhou para ela, e a moça foi obrigada a voltar.

Depois foi a outra moça, quase menina mas já mulher feita. Beijou-o longa e amorosamente na boca, sentou-se no colo, encostou sua cabecinha no ombro, roçou seus belos seios no peito do moço e passou suas lindas e voluptuosas mãos por todo o corpo do moço, com uma graça e leveza e sensualidade a que não resistiria nem um santo, e o resultado foi o mesmo. O moço continuou triste e pensativo olhando em direção da Lua, encoberta pelas nuvens.

De volta ao arraial as duas mocinhas não resistiram à tentação e procuraram as outras moças, a quem contaram o que tinha acontecido e como ele havia resistido à tentação e encanto das duas mocinhas. As moças resolveram ir dormir e na noite seguinte combinarem o que deviam fazer.

Na noite seguinte, assim que começou a dança no terreiro, as moças que haviam seguido a primeira vez o moço à cachoeira ficaram com ciúmes das duas mocinhas que tiveram oportunidade de beijá-lo na boca, encostar-se nele e sentar-se no colo, desconfiando que as mocinhas teriam dormido com ele sem terem a presença da Senhora da Lua. Resolveram ir todas juntas atrás do moço, para a cachoeira.

A noite estava escura e muito quente. Pequenas nuvens encobriam a Lua, aumentando o calor a cada momento. Do chão saía um cheiro da terra ressequida, ávida de água, que aumentava nas moças o desejo de possuí-lo. As moças resolveram despir-se e entrar na água, como faziam quando iam banhar-se, e depois subir na pedra pelo lado da cachoeira, cercando o moço e procurando agradá-lo por todas as formas e usando todos os recursos femininos, deixando a ele o direito de escolher a preferida. Subindo na pedra, as moças começaram a dançar em volta do moço, sem que ele olhasse aqueles belos corpos nus, pingando vida e clamando por amor. Absorvido em seus pensamentos, triste e meditativo, continuou na mesma posição em que estava, indiferente a tanta beleza naquele cenário afrodisíaco.

As moças, cada vez mais excitadas e nervosas, atiraram-se ao moço, beijando-o e abraçando-o, fazendo-lhe cócegas e tentando tirar-lhe a roupa, mas ele não fazia nada e permanecia indiferente.

O tempo continuava esquentando, aumentando o calor de momento a momento e tornando o ar irrespirável, apesar da cachoeira e da água corrente. As nuvens começavam a dispersar-se e não tardaria a brilhar a Lua, o que ainda excitava mais as moças e enervava o moço.

Algumas moças, já cansadas ou desanimadas, outras completamente exaustas, sentaram-se na pedra e instintivamente, atraídas por sensação estranha, viraram-se e fixaram a Lua, ainda levemente encoberta por nuvens esbranquiçadas quase transparentes, quando a Lua começou a descobrir-se estendendo o manto prateado pela cachoeira, para logo depois descobrir-se por completo irradiando uma luz brilhante que ofuscou todas as moças enquanto a água subindo em vagalhões cobria a pedra e arrastava as moças e o moço para o fundo da cachoeira.

As nuvens voltaram a cobrir o céu, vendo-se correr uma luz em direção à Lua, nela se sumindo aquela Senhora ciumenta e eterna enamorada do moço, por quem se apaixonaram todas as moças do arraial.

Ainda agora, quem passa por aqueles arraiais e fazendas abandonadas e tristes lembra a Senhora da Lua, que se apaixonou pelo moço da cachoeira, levando ao desespero as moças do arraial e a solidão àquelas paragens de grande beleza.

O Malhado pernambucano e a serpente marinha

No litoral de Pernambuco vivia meia dúzia de famílias de pescadores, numa restinga muito aberta ao vento. Mestre Silvino, velho e experimentado pescador, era considerado o chefe do lugar, e sua mulher, Maria Dalva, distribuía favores e auxiliava os necessitados.

Josefa, santa mulher viúva do falecido mestre Godofredo, que desaparecera misteriosamente num grande vendaval de triste memória, aconselhava as mais moças, mezinhava os doentes e pedia a Iemanjá proteção para o lugar e seus pescadores.

Havia muito tempo que o peixe andava escasso, as águas muito turvas, o vento não parava de uivar. Ainda por cima começou a chover torrencialmente e de modo contínuo.

Numa noite, a chuva cessou repentinamente e o vento parou de uivar, mas a calma que se seguiu estava carregada de angústia. Mesmo assim resolveram fazer-se ao mar em busca do pescado, porque a fome começava a rondar suas famílias. Súbito, no silêncio da noite, uma voz ensurdecedora gritou:

— Godofredo! Godofredo!

Coisa curiosa, disse mestre Silvino: esta voz parece a do próprio Godofredo, que muitos anos antes desaparecera no mar, e na opinião geral tragado pela serpente marinha. A maioria nem se lembrava mais do Godofredo, muito menos da sua voz, mas um dos mais velhos lembrou o Godofredo e falou da serpente marinha, um monstro de cabeça de cobra, que movia sete corcundas sobre o mar agitado.

Já se preparavam para voltar às fainas da pesca, quando se fez ouvir, ainda mais forte, a mesma voz:

— Godofredo! Godofredo!

Os pescadores não sabiam de onde vinha a voz, mas o mar, cada vez mais agitado, e a chuva caindo forte, o vento castigando e a brisa ardendo nos olhos, levaram-nos a abandonar a pesca e a voltar à terra, certos de que uma das maiores borrascas dos últimos anos iria desabar sobre eles, dum momento para o outro.

Um dos pescadores resolveu continuar a pesca, não atendendo aos apelos angustiantes dos companheiros. Era o Malhado, cabra ruim, caladão e solitário, sempre maconhado e bêbedo, de quem se dizia que, se alguém acendesse um fósforo junto dele, logo pegaria fogo.

Quando chegaram à restinga, foram logo direto à cabana da velha Josefa e contaram o sucedido. Josefa, tremendo de medo, invocou Mãe Iemanjá e acendeu o fogo babalaô que afugenta os espíritos maus, afasta as cobras e as serpentes do mar e protege as pessoas queridas dos perigos iminentes.

— Vem aí coisa ruim — sentenciou a velha Josefa. — Talvez fosse melhor ir avisar ao Malhado!

— Vamos agora mesmo — responderam eles.

Enquanto os pescadores saíam para avisar o Malhado, a velha Josefa, Maria Dalva e todas as mulheres do povoado elevaram as mãos e rezaram à deusa Iemanjá:

— Vós, que governais as águas, derramai por sobre a humanidade a Vossa proteção, fazendo assim, oh Divina Mãe Iemanjá, uma descarga em seus corpos materiais, limpando suas áureas e incutindo em seus corações o respeito e a veneração devida a essa força da natureza que simbolizais. Frutificai nossos pobres espíritos e descarregai nossa pobre matéria de todas as impurezas que hajam adquirido. Permiti que Vossas mãos nos protejam e amparem, assim na terra como no mar. Salve Iemanjá, Senhora das Águas, protetora dos homens e famílias do mar, Mãe Divina!

O Malhado, que continuara no mar, mal se aguentava agora na embarcação, tal a violência do vento e o esbuxamento do mar. De repente, surgira diante do Malhado, gotejando água, esbelta moça de longos cabelos pretos cobrindo a nudez morena do seu lindo corpo.

— Malhado — disse-lhe Ela, como se o conhecesse desde a nascença. — Malhado, você veio, afinal, para fazer companhia ao Godofredo. Você não pode mais voltar, mas adorará viver no fundo do mar, para onde vão todos os que não praticam o bem, não ajudam os seus semelhantes, não têm família nem aspirações e vivem miseravelmente sem rumo certo, ao sabor dos ventos da terra e das ondas do mar, incapazes de lutarem contra o vento e as ondas.

— Quem é você? – perguntou, amedrontado e curioso, o Malhado.

— Iemanjá, Deusa das Águas, Senhora dos Mares. – respondeu Ela, olhando rudemente para o pobre Malhado.

O Malhado se lembrava agora do fim que levara o Godofredo, abandonado por ele quando naquele tremendo vendaval foram atacados pela serpente do mar, cabeça grande, bocarra negra aberta e crina vermelha ondulante, de corcovas sobressaindo da água. E, enquanto olhava Iemanjá, sentia-se estranhamente culpado da morte do Godofredo, um sentimento de culpa que parecia mais forte do que ele, e que por isso lhe tolhia todos os movimentos dos braços, das pernas e do corpo.

Uma onda mais forte quase atira no mar o pobre Malhado, enquanto Ela saltava na água e desaparecia misteriosamente como havia aparecido.

Agora os pescadores estavam na praia e preparavam-se para fazer-se ao mar e avisar o Malhado, mais próximo da terra, que coisa ruim ia suceder. A borrasca aproximava-se ainda mais, transformando-se num dos temporais mais feios de todos os tempos.

De repente, a onda que subia, ameaçadora e violenta, de uma brancura assustadora, arrastou o Malhado para a água. Não podia mais voltar! Um manto branquíssimo, ondulante e espumoso, tremendamente frio, envolvia-o por completo. Debateu-se ainda, durante algum tempo, pedindo perdão ao Godofredo e implorando Iemanjá, mas terminou sendo envolvido pelas águas aveludadas e macias, que o arrastaram para o fundo do mar.

Os pescadores, da praia, juram que viram o Malhado caminhando para o fundo, seguindo alegremente Iemanjá. E lá estava o Godofredo, abandonado pelo Malhado, quando a serpente marinha os atacou, naquela noite de temporal bravio.

O noivo salvo das águas

Nas areias de Copacabana, quando ainda era habitada por alguns pescadores, vivia um pescador, a mulher e uma filha não muito bonita e desajeitada para as coisas do lar. Gostava muito era de correr na areia, coser as redes de pescar, sair nos barcos e nadar.

A mãe, sempre doente, acabou por morrer, depois de uma noite em que se molhou até os ossos, apanhando um resfriado. O pai, logo depois, casou ou juntou-se com uma viúva, cujo marido havia morrido no mar, no último vendaval que assolara a praia.

A madrasta, que não gostava nada da enteada porque não ajudava nos trabalhos de casa e andava sempre na praia, com os pescadores ou agarrada ao pai, passou a persegui-la, acusando-a constantemente de ser vagabunda, dizendo que não prestava para nada, nem para arranjar um marido, que era feia e desajeitada etc. A moça cada vez parava menos em casa. De noite, ficava pela praia, corria na areia, lançava os seus raminhos e folhas n'água etc.

Certa noite, em que a madrasta a insultara e pretendera agredi-la, a moça fugiu de casa e passou a vaguear na areia. Já de madrugada, descansou um pouco, e de cansada adormeceu, sonhando que a Rainha das Águas a cutucava com o seu pé formoso e perguntava se queria alguma coisa. Respondeu que precisava de um homem para casar-se e ver-se livre da madrasta etc. Acordando, viu a deusa afastar-se, sorrindo e deslizando suavemente sobre as ondas.

Levantando-se da areia, encaminhava-se para casa quando reparou, a pequena distância da praia, um vulto debatendo-se na água. Lançando-se ao mar, em poucas braçadas chegou junto a um belo rapaz louro, que se debatia quase moribundo, roupa esfarrapada e muito ferido, náufrago de barco estrangeiro que afundara na costa.

Arrastando o rapaz para a praia, tratou-o carinhosamente, deu-lhe água e comida, curou-o dos ferimentos e depois casaram e foram muito felizes.

O pescador dos arrecifes
(Pernambuco)

A praia dos pescadores mostrava-se calma e o povo feliz. De manhã ou de tarde, era a volta da pesca, crianças e mulheres corriam alegres na areia, enquanto os velhos faziam perguntas sobre a pesca e contavam como era no seu tempo, grandes pescarias e temporais fantásticos, aparições medonhas e peixes que não tinham mais tamanho.

As jangadas, os botes, as canoas eram puxadas para a praia, o pescado era dividido, uma parte para a embarcação, as outras partes vendidas diretamente ao pessoal ou entregues aos vendedores e muito bom pescado guardado para eles e a família. As velas estendidas para secar enquanto as conversas alongavam-se e as mulheres iam preparar a boia, mais ou menos abundante, de acordo com a pescaria.

De tarde, já refeitos do esforço despendido, voltavam aos barcos e faziam-se os preparativos para a nova pesca dormida. Tudo era inspecionado, faziam-se reparos, preparavam-se cuidadosamente os apetrechos de pesca e a vela. Assim corria a vida monótona e sempre igual, naquela praia de pobres pescadores muito felizes.

Numa manhã linda de sol morno, depois de uma noite ventosa e salpicada de chuva miúda e impertinente, por vezes o mar encapelado, todos voltaram à praia satisfeitos da abundância do pescado, menos o Zeferino, da Francisca. Nada de anormal, diziam eles, porque o Zeferino, na sua pequena jangada, não ia muito longe, não entrava no mar alto, pescando nos arrecifes onde a pesca era rica e abundante e a água não muito funda.

Já tarde, depois do descanso, homens e mulheres começaram a ficar nervosos, olhando constantemente o horizonte, cochichando a demora do Zeferino e pressentindo desgraça. O tempo foi passando e nada de Zeferino nem da jangada, mesmo à deriva, no horizonte calmo e largo do mar esverdeado, dourado pelos últimos raios do pôr do sol. Alguns mais preocupados e afoitos, resolveram saltar nas jangadas mais leves e velozes e fizeram-se ao mar, em procura do Zeferino, indo até os arrecifes, correndo as águas em todas as direções. Procuraram até nas praias mais próximas; conversaram com outros pescadores que iam e vinham da pesca e voltaram alta noite sem encontrar o Zeferino, um pau de piúba ou a cesta da sua jangada.

Durante muito tempo ainda falaram e lamentaram a sorte do Zeferino, mas, com o decorrer do trabalho árduo e perigoso da pesca, terminaram por esquecer o pescador dos arrecifes, desaparecido misteriosamente naquela noite de lua encoberta.

Francisca, a viúva do Zeferino, é que não podia esquecer a noite trágica em que a água tragara o seu homem. De noite perambulava na praia, olhava o horizonte, implorava à lua a volta do seu único amparo. De manhã, quando as jangadas voltavam do mar, lá estava ela calada, silenciosa, olhando o mar e as jangadas, procurando nos botes e nas canoas o seu companheiro de tantos anos de pobreza e alegria.

Passaram-se dias, semanas e meses e nada de aparecer o Zeferino ou os restos da jangada, ou simplesmente qualquer pista que permitisse saber qual o fim do corajoso pescador dos arrecifes. O mar traiçoeiro e cruel tragara o pescador e a jangada, não deixando vestígios da tragédia. A viúva, sempre olhando o mar como o fizera durante tantos anos, continuava a mesma vida, correndo para a praia na chegada das embarcações, apanhando o pescado que todos lhe davam, fazendo a boia para ela e o Zeferino e comendo sozinha e silenciosa, porque ele não voltava.

Era uma noite de lua cheia, depois das muitas e muitas luas em que o Zeferino lá se fora e não voltara mais. Céu límpido, muito claro e sem nuvens, todo estrelado, mar calmo e sereno.

Leve brisa soprava do mar, agitando as palmeiras da praia, numa temperatura cálida, enquanto ao longe ouviam-se murmúrios de aves e animais.

A calma daquela noite foi interrompida por sucessivos gritos que ecoaram por todas as praias vizinhas e profundezas do mar:

    Iemanjá...
    Iemanjá...
    Iemanjá...
    Iemanjá...

Saindo das casas, todos correram para a praia para ver quem era que procurava salvação em Iemanjá, quando depararam atônitos com a figura de Francisca, a viúva do Zeferino, de longo camisolão branco e seus belos cabelos pretos esvoaçando à brisa, entrando pelo mar adentro e sempre repetindo:

Iemanjá...
Iemanjá... Senhora das Águas...

Muitos correram em direção a Francisca e se esforçaram por retirar das águas a desvairada viúva de Zeferino, mas sem resultado. Francisca, clamando por uma bênção de Iemanjá, agigantava-se e, sorrindo para todos, desapareceu na arrebentação das ondas sumindo nas profundezas do mar. Alguns mais afoitos, munidos de archotes e usando botes e canoas, procuraram Francisca durante longo tempo, desistindo ao raiar da madrugada quando verificaram que havia desaparecido misteriosamente, como seu bom Zeferino, sem deixar vestígios.

No dia seguinte, quando as jangadas, os botes e as canoas voltavam da pesca, qual não foi o espanto geral ao verificarem que dos lados dos arrecifes vinha surgindo a velha jangada do Zeferino, como havia partido muitos meses antes para as pescarias, trazendo Francisca no seu camisolão branco, cabelos ao vento, ao lado do Zeferino, aureolados por uma luz estranha que parecia sair das profundezas do mar. A jangada passou perto e tornou a sumir nos arrecifes.

Ainda hoje, decorridos tantos e tantos anos que se perdem nas luas e marés dos tempos, ninguém sabe explicar o que sucedeu, mas os pescadores continuam evitando os arrecifes e pedindo à Senhora das Águas e Mãe dos Peixes que os proteja no mar e lhes proporcione uma pesca abundante de bons e grandes peixes. A volta da pesca é sempre uma bênção de Iemanjá, que todos agradecem elevando preces à Deusa do Mar.

A vela e o vento do mar

No último estado do Nordeste, corre uma lenda sobre Iemanjá, a Deusa das Águas. Talvez seja conhecida em outras regiões e não seja novidade.

"Iemanjá, a Deusa das Águas, é mulher de rara beleza e, como tal, caprichosa e de apetites extravagantes.

Uma vez por mês, a Deusa tem que ser possuída por um homem, desses que habitam aqui na terra. No tempo determinado ela sai do fundo das águas e, em visitas noturnas e invisíveis, faz a sua escolha. O infeliz (ou ditoso) mortal por ela escolhido tem que estar no lugar determinado para as bodas, que são sempre no fundo das águas. Às vezes, o transporte escolhido é uma frágil canoa de pescador, outras, um navio encouraçado ou ainda um avião em que o eleito tem que viajar e afundar nas águas, onde os braços roliços da Deusa e o seu corpo nu os esperam para o abraço voluptuoso da posse, cujo final é a morte, logo que ela, saciada, se desprende dele.

Dias depois, um cadáver vem bater à praia ou à margem de algum rio.

Viúva ou noiva chora o seu morto, e as que conhecem a lenda vão à noitinha acender uma vela no lugar exato em que o cadáver foi encontrado. Se a vela arder até o fim, a Deusa ficará prenha e a encantoria terminará. Porém, o vento, forte aliado de Iemanjá, nunca deixa a vela queimar."

O peixe estranho da Ilha do Governador

Existiu na Ilha do Governador, em tempos remotos, um aglomerado de pescadores, gente boa e trabalhadora. Num dos barracos vivia um pescador que passava a vida pescando e, com o produto do seu trabalho, sustentava a mulher e duas filhas, muito bonitas.

Uma noite, lançando a rede ao mar, o pescador apanhou um peixe tão grande e estranho, como nunca tinha visto na sua vida já longa de velho e experimentado homem do mar.

— Juvenal! – disse-lhe o peixe. – Deixa-me ir outra vez para o mar, que minha mãe está chamando.

— Não, não posso. – respondeu o pescador. – Vou levar-te para casa, visto que esta noite só pesquei cocorocas.

— Juvenal! – repetiu o peixe. – Deixa-me ir embora, que eu te ensinarei onde pescares tanto peixe que não o possas carregar.

Juvenal, ouvindo as boas falas daquele peixe estranho, resolveu que o melhor seria atirar o peixe ao mar, depois de saber o lugar certo onde devia lançar a rede, que logo veio tão cheia de lindos e gostosos peixes que até a ia despedaçando.

A noite seguinte não foi diferente. Assim que lançou a rede ao mar, sentiu repuxar e alando tornou a ver na rede o mesmo peixe grande e estranho, que lhe disse:

— Juvenal! Deixa-me ir embora! Minha mãe está chamando.

— Não posso, não, peixe estranho. Ontem vendi e comemos tudo quanto pesquei, e tenho que levar-te para eu comer, mais a minha mulher e as nossas duas filhas.

— Juvenal! – repetia o peixe. – Deixa-me ir embora, que eu te ensinarei onde poderás apanhar ainda mais belos peixes do que ontem à noite.

Juvenal, outra vez convencido, largou o peixe estranho, que logo lhe ensinou onde pescar tanto que quase rasgou a rede.

Quando chegou em casa, vergado ao peso de tão grandes e apetitosos peixes, disse-lhe a filha mais velha:

— Meu pai, que fizeste ontem e hoje para trazeres tão grandes e belos peixes?

— Minha filha, sucedeu uma coisa maravilhosa! Ontem e hoje fui deitar a rede ao mar, e logo apareceu um peixe, só um peixe grande e estranho como nunca vi, que fala e tem cabeça de mocinha...

— E cadê esse peixe grande e estranho, que fala e tem cabeça de mocinha?

— Bem, esse peixe estranho pediu-me que o atirasse ao mar, que ele me ensinaria onde pescar tanto peixe quanto pudesse carregar para a terra. Minha filha, tu nem podes imaginar a quantidade de lindos e saborosos peixes, grandes e pequenos, de todas as cores e qualidades, que eu vi ontem e hoje.

— Meu pai! Esse peixe deve pertencer à comitiva da Rainha dos Mares, a Grande Mãe Iemanjá. Se tu o apanhasses farias a felicidade das tuas duas filhas e de todas as moças solteiras da ilha. A comadre Tiburcina conta o milagre da afilhada Silvana, da Ilha dos Amores, que certa noite de lua nova banhava-se na praia e apanhou um desses peixes, casando logo e sendo muito feliz, apesar de feia e desajeitada. Meu pai! Promete que se esse peixe voltar à tua rede, não o deixarás fugir e o trarás para ser comido por tuas duas filhas.

Na terceira noite voltou o pescador ao mar, e logo que lançou a rede, veio aquele peixe estranho, que lhe disse:

— Juvenal, deixa-me ir embora que é noite de lua cheia e minha mãe está chamando.

— Não, não posso, peixe estranho. Não farei isso, que prometi às minhas filhas casadouras levar-te para casa.

— Juvenal, deixa-me ir, que em paga indicarei onde apanhares grandes e lindos peixes para ti e a tua família, além de que tuas filhas logo casarão com belos rapazes, amorosos chefes de família e muito trabalhadores.

— Não, peixe estranho! Isso eu não posso fazer, que minhas filhas dizem que tu pertences à comitiva da Rainha dos Mares e lhes darás felicidade, se fores por elas comido.

— Lá isso é verdade – respondeu o peixe estranho. – Elas têm razão, mas eu, além de pertencer à comitiva da Rainha dos Mares, sou filho da Rainha, e fui enviado a esta ilha para distribuir felicidade. Quem come as filhas da Rainha dos Mares e Mãe dos Peixes será transformado, ausentando-se da família, e só será feliz no Reino das Águas.

— Juvenal! — repetia o peixe estranho. — Deixa-me ir embora, que as tuas filhas serão muito felizes!

— Não posso, bom peixe. As tuas lágrimas comovem-me, quero atender às tuas súplicas, mas as minhas filhas não me vão perdoar e a minha mulher vai ficar furiosa. Tenho que levar-te, para que elas te comam, mas eu prometo nem tocar na tua carne, peixe amigo.

— Juvenal amigo, visto que tua mulher e tuas filhas me querem comer, não há jeito senão levares-me. Mas promete que antes de chegares em casa, me fazes em três bocados e darás a cabeça à tua mulher, o corpo à tua filha caçula e o rabo à mais velha.

Juvenal arrastou o peixe estranho para a praia, partiu-o em três bocados e lá foi para casa, onde contou o acontecido, entregando a cabeça à mulher, o corpo à filha caçula e o rabo à filha mais velha, que foi quem tinha insistido, com a mãe, para que apanhasse o peixe estranho.

Nos dias e noites seguintes, Juvenal continuou pescando e vendendo tanto peixe que logo comprou um lindo barco de cores vistosas, a que pôs o nome de Rainha dos Mares, e a sua casa se tornou tão rica e farta que fazia inveja a quem passava pelo aglomerado ou visitava a ilha.

Logo depois, a mulher apanhou uma grande doença e morreu, transfigurando-se na cabeça do peixe estranho. O pai e as duas filhas ficaram muito penalizados, pensando constantemente no peixe estranho, mas foram vivendo felizes.

Desde a primeira noite, a sorte continuava procurando o Juvenal, que já possuía vários barcos, salgava e secava pescado exportando em grandes barcos que vinham de muito longe carregar na ilha, enriquecendo-o cada vez mais. Mas as filhas continuavam solteiras, não encontrando marido, e os moços da ilha e da cidade nem olhavam para as moças, agora riquíssimas e lindas, como não haviam outras mais bonitas muitas milhas em redor.

Era um dia de ano-novo, e Juvenal regressara da pesca já dia claro, para passar a data festiva com as filhas. Alegre e feliz, contara às filhas que, na noite passada, pescara tanto que os barcos não conseguiram carregar, lançando ao mar a maior parte do pescado. Estava rico, muito rico, desde aquela noite em que apanhara na rede aquele peixe estranho. Só não estava mais satisfeito porque ouvira no mar, durante a pesca, uma voz dolente expressando saudade, misturada com melancolia e dor, que a todos deixou enlevados, a ponto de perderem a coragem e abrandarem o trabalho, apossando-se de todos uma vontade irresistível de chorar. Ninguém soube explicar o motivo, mas ele reconheceu logo a voz do peixe estranho.

As filhas, apesar de impressionadas, revoltaram-se contra o peixe estranho, arrenegando os peixes e os homens do mar. Não queriam mais ouvir falar de peixes, nem de homens, muito menos de homens do mar, que levavam a vida falando dos peixes, dos barcos e do mar, ouvindo os cânticos das águas e mantendo intimidades com as mulheres do fundo do mar.

No mesmo instante, as moças se levantaram das cadeiras onde estavam sentadas à mesa, e sem terminarem a refeição saíram de casa em direção ao mar, desaparecendo nas profundezas da baía. Em seguida, tudo que estava dentro de casa e pertencia às moças foi voando para a praia e mergulhando nas águas, deixando o Juvenal sozinho.

A filha mais velha, que tinha comido o rabo do peixe estranho, transformou-se numa linda sereia, entrando para a comitiva da Rainha dos Mares. A filha caçula, que havia comido o corpo do peixe, transformou-se num lindo peixe estranho, cabeça de mocinha, muito meiga e destinada a distribuir felicidade.

Juvenal, o velho e bom pescador, ainda viveu muitos anos felizes, e nas noites de pesca sempre ouvia os cânticos extraordinariamente melodiosos de suas filhas, que habitavam os palácios do reino de Iemanjá.

Na Ilha do Governador, em certas noites da passagem do ano, ainda vaga por lá o velho pescador Juvenal, enquanto suas filhas espalham a musicalidade harmoniosa de sua nostalgia melancólica e dolente, nas praias incomparáveis da ilha.

O náufrago

Há muitos anos, um galeão desconhecido tripulado por homens louros naufragou na entrada da barra, quando ainda não existiam por ali senão índios. Todos morreram, menos um fidalgo que agarrado a paus e cordas arribou à praia de Jurujuba, exausto e sem forças.

Durante muitos anos, caçando e pescando por aquelas redondezas, foi vivendo o homem louro encantado com a beleza do local. Mas os anos foram passando e, já alquebrado e sem forças, chegou o tempo em que não mais podia caçar nem pescar e começava a passar fome.

Certa noite, sentado na praia e desanimado da vida, já pensando em matar-se, começou a ouvir um som estranho que vinha das águas, acompanhado de música suave, que confortava seu coração. Julgando estar delirando, arrastou-se na praia até junto do mar, atirando água ao rosto para se refrescar e reanimar.

Voltando ao mesmo lugar, um pouco mais refeito das forças, qual não foi o seu espanto ao ver surgir do fundo da baía, acompanhada de peixes, uma esbelta moça morena nua, de longos cabelos pretos, acompanhada de inúmeros peixes grandes e pequenos, que lhe perguntou:

— O que desejas, velho pescador?

— Forças para pescar e peixe para comer.

— Terás forças para pescar e tanto peixe que não conseguirás comê-lo todo entre duas luas cheias.

— Mas quem és tu, linda morena?

— Sou Iemanjá, Senhora destas águas. O meu reino é no fundo do mar, e os meus súditos são os peixes, meus filhos.

E enquanto o velho pescador, ofuscado com a aparição, não dizia mais uma palavra, a linda moça, sorridente e irradiando amor, disse-lhe:

— Esta noite, quando a lua cheia iluminar estas águas, lança tuas redes e terás peixe farto para comer. E todas as noites, à mesma hora, com lua ou sem lua, lança a tua rede e nunca mais faltará peixe nem passarás fome.

Naquela noite e nas seguintes, o velho pescador apanhou tanto peixe como nunca vira, nem nos seus tempos de moço novo e vigoroso, quando pescava no seu país natal.

Com o correr dos tempos, embora já mais forte e bem alimentado, o velho pescador foi acometido de uma tristeza que o deprimia e de uma sensação estranha que não mais o deixava trabalhar. Nem o canto dos pássaros, nem os papagaios, nem a beleza incomparável do lugar conseguiam transmitir-lhe alegria. Passava tempos sem fim olhando o mar, procurando no fundo das águas a sedutora imagem da moça nua de longos cabelos pretos, seios róseos e uns olhos provocantes que o deixavam alucinado, tirando-lhe o sono e fazendo-o perder o apetite.

Deixara de pescar e caçar. Não subia nas árvores nem ao morro à procura de algum barco perdido que passasse nas proximidades e lhe prestasse socorro. Não pensava mais na sua terra, nem nos parentes e conhecidos que deixara por lá.

Uma noite em que a chuva miúda cortava os ares e o vento vergastava as árvores, lá jazia o velho pescador, quase morto, embalado na imagem da moça nua. Tudo levava a acreditar que eram os últimos momentos do velho pescador louro, cujos olhos começavam a fechar e o coração a bater lenta e descompassadamente.

Um raio iluminou as águas e, quando o clarão começou a amortecer, o velho pescador, atônito e recuperando um resto de forças, viu surgir das águas a linda moça nua, acompanhada de seus peixes.

Chegando junto do velho pescador, perguntou a moça:

— Que mais queres tu, velho pescador louro?

— Estou velho e cansado de viver, bela Iemanjá. Falta-me uma companhia, alguém que vele por mim e me ajude a viver e morrer.

— Eu venho viver contigo, velho pescador. Mas tens que fazer uma promessa e se faltares à tua palavra, volto ao meu reino no fundo do mar.

— Prometo!

— Nunca mais pensarás nos teus, nem na tua terra, e nada farás para voltar. Aqui viverás eternamente.

— Prometo!

A partir daquela noite, Iemanjá passou a viver com o velho pescador, que recuperou a saúde e as forças. Pescando e caçando, correndo nas praias, subindo às árvores, transmitindo alegria e transformando a floresta num paraíso.

Os tempos foram passando e, num lindo dia de sol, o velho pescador adormeceu junto de uma grande árvore, num recanto que convidava ao sono e obrigava a sonhar. E sonhou.

Sonhou que um galeão da sua gente, comandado por ilustres parentes e mensageiros do seu Rei, vinha à sua procura. Via grandes fidalgos e guerreiros do seu reino. A bordo vinham os mais ilustres fidalgos, os prelados, lindas damas, grandes almirantes.

Acordando sobressaltado, correu gritando para o alto do morro sempre agitando-se e procurando no horizonte o galeão, que não passara de sonho. Olhando em todas as direções, correndo como um louco, nada vislumbrou além do mar, da água, muita água. Mas qual não foi o seu espanto, ao verificar que no horizonte, ao longe, muito ao longe, deslizava lentamente sobre as águas, acompanhada de grandes e pequenos peixes, sua companheira de tão lindos e felizes dias, indo embora para sempre.

O pescador mal-agradecido

Por aquelas bandas, entre Búzios e Cabo Frio, vivia um pobre pescador sofrendo da tristeza indefinida do mar, solitário nos horizontes vagos e sem fim daquela imensidade d'águas. Para distrair-se e quebrar a monotonia das águas, sempre lançando a tarrafa ou os anzóis, amanhava a terra e ia plantando alguma coisa para ajudar o sustento da família.

Sempre que passava junto a uma nascente onde fazia aguada para a viagem, sentia-se confortado. Parecia-lhe estar em frente de um santuário presidido por uma Deusa, oculta entre a vegetação e o arvoredo, e cuja voz não se percebia por virtude do chilrear dos passarinhos e da agitação palpitante da natureza.

Naquela madrugada, ao regressar da pescaria, tivera a visão nítida de que uma sereia o acompanhara, e quando pisara a areia esvoaçara qualquer coisa, numa agitação fugitiva. Ao passar na nascente, pousara no chão o pescado e a tarrafa e debruçara-se para lavar o rosto e beber alguns goles de água, quando vira, no pequeno fio de água que escorria da nascente, a figura da linda Rainha dos Mares, que sorria meiga e bondosamente.

Os tempos foram passando e as pescarias começaram a escassear. Os ventos fortes, os temporais e águas muito claras, tudo se conjugava para que cada noite fosse menor a pescaria, até passarem-se noites que nem conseguia peixe para alimentar os seus.

Naquela noite, já desanimado e sem coragem, ia meditando na sua triste vida quando chegou à nascente e foi impelido por uma força estranha para o fio de água onde enchia a cabaça e mitigava a sede. Mais animado, prometeu à Senhora das Águas que se a pesca melhorasse e se conseguisse pescado abundante para alimentar a família, todas as noites de lua derramaria sobre as águas um pouco de óleo de pescado e espalharia sobre as ondas as palmas verdes da esperança e as flores brancas do agradecimento.

Chegando à praia empurrou a pequena canoa e, já no mar, fez idêntica promessa à Rainha dos Mares, jurando: "Se eu não cumprir a promessa, que Iemanjá parta a canoa ao meio".

Naquela noite pescou tanto que a canoa quase afundou com o peso. Voltando logo para casa, admirou-se de como o campo estava verde e tudo crescido, mas não acordou a família e nada disse à mulher.

Na noite seguinte, não só derramou óleo de peixe sobre as ondas e lançou ao mar as palmas verdes e as flores brancas silvestres, como, lembrando-se de seu pai, depois de comer abundantemente, dividiu as sobras em duas partes iguais, lançando uma ao mar para que o pescado fosse abundante e os peixes grandes e gordos e enterrando a outra parte junto da nascente para que a terra fosse fértil e as colheitas boas e abundantes.

Os tempos foram-se passando, a felicidade voltou e com a abundância o pescador foi-se esquecendo das promessas. Em vez de passar na nascente, para encher a cabaça e mitigar a sede, dava grande e longa volta e ia à venda, onde enchia a cabaça e bebia pinga de cana, ficando por lá algumas noites sem passar na praia nem lançar a tarrafa no mar.

O pescado outrora abundante passou a escassear, e quanto mais escasseava mais bebia o pescador, sem se lembrar da promessa que fizera em tempos ruins.

Passando fome e alquebrado das forças, naquela noite de lua cheia, o pescador saíra de casa e sem rumo certo, ao acaso, fora impelido para a nascente. Ao contrário dos tempos passados, sentira uma sensação de tristeza, de maus presságios e solidão. Debruçando-se sobre a nascente, nada vira, e o fio de água, antes tão cristalino, estava terroso e negro, enquanto a terra parecia convulsionada e ouviam-se gemidos.

Chegando à praia, embarcou na canoa e fez-se ao mar. Tudo silencioso e calmo, sem ondas nem vento. A lua cheia sobre as águas transmitia a impressão de um velório de muitas velas. Vagando ao acaso, durante muito tempo, resolveu lançar a tarrafa ao mar, para tentar, embora desanimado, algum pescado, mas a canoa abriu-se ao meio e o pescador desapareceu na profundeza das águas.

No dia seguinte, encalhava na areia metade de uma canoa, completamente carregada de pescado. Ainda hoje ninguém sabe explicar como, naquela noite de calmaria, a canoa partiu-se ao meio, e muito menos como aquela metade arribou à praia, carregada de lindos e grandes peixes.

A moça dormindo nas ondas

Há muitos anos, uns ilhéus chegaram ao Brasil e foram para Paraty dedicar-se à pesca. Apesar de católicos, ainda temiam Netuno e rezavam para que os Deuses do mar não afundassem seus barcos nem partissem os apetrechos de pesca.

Naquelas redondezas, entre Paraty, Angra dos Reis, Ilha Grande e o mar alto, os ilhéus pescavam, secavam e salgavam peixes grandes e pequenos e fabricavam o melhor azeite de peixe de toda costa, muito disputado por todos os bandeirantes e fluminenses.

Tudo corria bem, quando os barcos começaram a afundar, as redes partiam-se, os arpões perdiam-se e o azeite de peixe saía borrento, escuro e de pouco valor.

Os ilhéus recorriam aos seus Santos, faziam suas promessas a Netuno, mas nada melhorava. Os vendavais eram constantes e assolavam a costa, outras vezes a falta de vento não permitia sair ao mar alto, e quando o faziam a pesca nem chegava para mitigar a fome. O peixe tão abundante, que até se apanhava na praia, desapareceu como por encanto.

Vivia no arraial de pescadores uma menina-moça muito formosa, já nascida no arraial e filha dum dos casais de ilhéus. Ermengarda, ela se chamava, e, diziam eles, que não regulava muito bem. Vivia sozinha, quase não falava com ninguém, mas saltava e corria por aqueles campos, chapinhava na água e lá estava ela, ao pôr do sol, lançando folhinhas e flores selvagens nas águas.

A tristeza invadira o arraial. Quase não se falava, ninguém cantava e passavam os dias olhando o mar, quase sempre enraivecido. Obra do Diabo e de Netuno, diziam todos. Só Ermengarda não tomava conhecimento da tristeza dos seus, e continuava correndo e saltando, cabelos esvoaçantes ao vento e coberta de farrapos a que reduzira o vestido, subindo nas árvores e correndo nas matas.

Um dia desapareceu e nunca mais foi vista. Também ninguém se preocupava com a linda menina-moça, que não parava em casa e vivia esvoaçando por aquelas praias e matas.

No dia seguinte, como por encanto, o tempo amenizou e os pescadores fizeram-se ao largo, regressando da pesca com o maior carregamento de peixes de todos os tempos. Parecia que o mar estava a sua espera para carregar os barcos, e até os peixes saltavam para dentro das embarcações sem o auxílio das redes ou dos arpões.

Voltando a alegria e a abundância, lembraram-se de Ermengarda. Por onde andaria ela?

Uns pescadores, quando voltavam da pesca, a tinham visto no Cairuçu, imóvel, fitando o mar e sobraçando um grande braçado de palmas e flores. Caíra no mar? Morrera afogada? Ou teria sido comida pelos animais?

Procuraram a menina-moça por todos os lados, e não foi encontrada. E já começavam a esquecer a linda Ermengarda, quando ao regressar da pesca, numa noite de lua, o pai a encontrou dormindo sobre as águas e segurando as palmas e flores, como se tivesse caído naquele mesmo instante. Pretendeu retirar a filha, mas ao tocar-lhe, ela afundava e aparecia mais além, sempre dormindo e segurando as flores. Outros pescadores se foram juntando, mas quando apertavam o cerco e pretendiam retirar Ermengarda da água, ela submergia e passando por debaixo dos barcos indo aparecer mais além, na mesma posição ondulante, embalada pelas ondas.

Nada conseguindo, resolveram regressar ao arraial.

Durante muitos e muitos anos, quando passavam no local, lá estava Ermengarda dormindo sobre as águas, com as palmas e flores, que não murchavam nem secavam, sempre verdes e lindas como se tivessem sido colhidas naquele momento.

Nunca mais faltou peixe aos pescadores, que viveram muitos anos naquele arraial. Mas sempre que iam e vinham da pesca, ao passar no Cairuçu, lá estava dormindo ao sabor das ondas a menina-moça, balançando-se feliz, e parecendo agradecer as palmas e flores que todos os pescadores lhe atiravam em agradecimento ao seu sacrifício.

Ainda hoje, quando os ventos assolam a costa e o mar investe contra a terra, dizem os velhos pescadores que Iemanjá homenageia Ermengarda e lembra aos moradores do lugar a menina-moça que os seus desprezavam e se sacrificou para os salvar da miséria e da fome.

A menina do rio Xingu

Há muitos anos, um velho casal de portugueses, gente muito pobre mas trabalhadora, vivia nas margens do rio Xingu. Os filhos haviam morrido quando caçavam na mata, mordidos pelas cobras venenosas que infestavam a região.

Certo dia, quase ao pôr do sol, quando os velhinhos descansavam de mais um dia de trabalho, uma menina de cinco a seis anos, morena de lindos cabelos pretos e olhos escuros, saiu do rio nuazinha, atravessou correndo a clareira e desapareceu na mata. Os portugueses, alegres com a visita inesperada, fizeram desesperados esforços para encontrá-la, porém tudo foi inútil.

Daí a uma semana, a menina nuazinha saiu da mata carregando nas mãos uma cobra-coral viva, e acompanhada por outras cobras. Sentou-se à sombra do casebre dos portugueses. A cobra punha a língua na língua da menina, e esta retribuía a brincadeira amável, enquanto as cobrinhas em volta levantavam a cabeça que a menina nuazinha afagava carinhosamente.

Os portugueses ficaram apavorados lembrando a morte dos filhos queridos há muitos anos, desaparecidos tragicamente por causa de mordidas peçonhentas.

Ainda naquela noite, a menina nuazinha tornou a atravessar o rio a nado e, reconhecendo o caminho da casa, voltou para seus pais. Causou grande espanto quando reapareceu viva e nuazinha e a maior alegria pois a família a julgava perdida na mata, devorada por animais ferozes.

Sua mãe, que sempre teve medo de cobras, pediu à menina, com insistência, para jogar o animal fora. O pai secundou-a nos seus apelos e tanto pediram que afinal a menina consentiu e jogou a cobra-coral e as cobrinhas num matagal próximo. Mais que depressa, o pai apanhou um pedaço de pau ferrado e matou todas as cobras.

Voltando à casa, encontrou a menina caída sem sentidos, enquanto a mãe tentava reanimá-la sem resultado. Ficou sem fala muitos dias e de seu corpo começaram a sair bichos nojentos, que mais pareciam pequenas cobras e exalavam mau cheiro.

Um vizinho muito amigo, que fora seringueiro durante muito tempo, sugeriu aos pais que procurassem nas margens do rio uma erva de folhas arredondadas e fizessem o chá das cobras, que matava todos os bichos enxertados no corpo da menina. A erva devia ser colhida na primeira noite de lua nova, que era quando Iemanjá lançava sua bênção sobre o rio, os peixes e as plantas.

Os pais da menina eram muito católicos e hesitaram a princípio. Por fim, vendo piorar a filha se decidiram, pois, apesar de serem católicos, sempre faziam a sua fezinha em Iemanjá. Procuraram a erva e cozinharam o chá, dando de beber à menina. No dia seguinte os bichos começaram a sair do corpo da menina, morrendo por todos os lados, e a menina curou-se.

Quando o pai visitou a menina, na manhã seguinte, encontrou a cama vazia e a roupinha espalhada pelo chão. Procuraram por todos os lados e não encontraram a filha, que nuazinha voltou a atravessar o rio, subiu na outra margem e desapareceu na mata, para voltar à casa dos portugueses, acompanhada de muitas cobras.

Raimunda, a menina nuazinha, passou muito tempo naquela clareira das margens do rio Xingu. Os portugueses que ainda viveram longos anos, agradeciam a Iemanjá o milagre de ter trazido de volta a menina nuazinha, para alegrar seus últimos dias.

As cobras, que tinham levado os seus queridos filhos para o céu, tinham trazido de volta a linda menina nuazinha, de corpo moreno e profundos olhos escuros de gratidão e amor filial.

Raimunda, quando eles morreram, voltou para casa de seus pais, que também já haviam morrido. Do tempo que viveu na mata não guardou a menor recordação, a não ser do velho casal de portugueses, das cobras que a defendiam dos animais ferozes e de certa moça linda, nuazinha, de longos cabelos pretos que, sempre que ela atravessava o rio e estava prestes a ser levada pela correnteza ou a afogar-se, a suspendia e a levava para a margem onde se dirigia.

O povo passou a chamá-la de Filha de Iemanjá, e contava o milagre do velho casal de portugueses, dos bichos que saíram do seu corpo e de como viveu nas margens do rio Xingu, protegida pela Senhora das Águas.

Mãe-d'Água do Amazonas

Certo dia, um valente guerreiro das margens do rio Amazonas, não podendo mais resistir aos seus encantos sedutores, resolveu procurar a Mãe-d'Água, aquela feiticeira que vinha encantando e engolindo seus irmãos.

Inúteis foram todas as súplicas para que não fosse à procura da Senhora das Águas. Tudo foi em vão.

Naquele dia, quando o sol começara a morrer sobre o rio, deixando na floresta uma atmosfera de encantamento, despediu-se e entrou na canoa, tomou dos remos e começou a deslizar pelas águas sulcadas de peixes.

O calor, a mata saturada de perfumes e mistérios despertavam-lhe ainda mais o desejo de ver e amar a Mãe-d'Água. A boca ardia de desejos e queimava, só em pensar na boca sensual daquela mulher nua, de longos cabelos pretos sedutores, que vivia no fundo do rio, naquele ponto onde as águas redemoinhavam.

Sempre alerta, o índio cada vez mais excitado, vagava nas águas mansas do rio, quando começou a ouvir uma voz cálida, embaladora e dormente, de mulher sedutora. Parando de remar, quedou-se enlevado, deliciando-se, enquanto a canoa riscava a superfície do rio em direção ao redemoinho, deixando pelo carrinho um véu de espuma branca.

O canto sedutor aumentava de momento a momento, enquanto nas águas surgia imagem encantadora que lhe acenava do fundo do rio, em movimentos de provocante tentação.

Sentindo-se arrebatado ao contemplar a perfeição das formas, os lindos cabelos pretos e ondulantes, enquanto a Mãe-d'Água o contemplava com seus olhos verdes transbordantes de amor, não percebeu que a canoa entrava no redemoinho do rio, em lugar perigoso e traiçoeiro. Só via a figura lindamente amorosa que o olhava meigamente, como a convidá-lo para voluptuosos prazeres sobrenaturais.

Quando a canoa virou atirando o valente guerreiro nas águas do rio, ele só pensava em ter nos braços, em possuir aquela força ardente e misteriosa que era a Mãe-d'Água, de lindos olhos verdes e longos cabelos pretos, afundando sem reagir e desaparecendo no fundo do rio.

O jovem imprudente

Certa noite, um moço de boa família que vinha dum aniversário, ao passar no açude, ouviu as seguintes palavras:

— Aproxima-te e canta uma canção de amor.

O rapaz era folgazão e namorador, e, como a voz vinha da água, pôs-se a cantar, na beira do açude. Em seguida ouviu:

— Não repares em coisa nenhuma, por mais extraordinária que seja, nem contes a ninguém. Também não tentes beijar nem tocar com as mãos o que vires.

O rapaz viu então três sereias dançando, embaladas por sua canção. E logo a seguir, viu uma linda moça nua, morena de cabelos pretos e olhos sensuais, seios túmidos e corpo escultural, dançando no espaço. Logo a seguir, apareceu um casal amoroso, esvoaçando e beijando-se apaixonadamente, e grupos de lindas virgens completamente desnudas.

O moço ria e começava a sentir uma estranha sensação, quando três das moças completamente nuas, exalando um perfume inebriante, tornando o ar quente e irrespirável, foram cirandando em sua volta, apertando o cerco, mais e mais, a ponto de quase o tocarem com os seios e lábios. Mas quando o moço, possuído de uma estranha força amorosa, pretendeu beijar uma das moças, esta deu um grito e disse:

— Que a Mãe-d'Água me proteja.

As moças desapareceram; e a mesma voz exclamou:

— Ah! pecador, que perdeste a minha proteção.

— Que mal fiz eu? — perguntou o moço.

— Minhas filhas são virgens e estavam pondo a sua virgindade à prova. Eu queria provar-lhes que os moços têm palavra e podiam confiar neles. E tu faltaste ao juramento de não beijares nem tocares os seus corpos.

— Pois sim! O que tu e elas queriam era tentar-me — replicou o moço.

— Segue o teu caminho, moço sem palavra, e nunca esqueças de cumprir as promessas que faças às águas.

O moço, cheio de medo, tratou de largar o açude e caminhar apressado para casa, onde chegou altas horas. Mas guardou segredo e nada disse aos pais, nem à namorada, que já o davam como morto ou o julgavam vítima dos jagunços que então assolavam o lugar.

A mulher ciumenta

Um casal de nordestinos, tangido pela seca, resolveu procurar outras terras onde recomeçar a vida. Depois de muito caminhar chegou na encosta de um morro por onde corria um riacho de água cristalina.

Todas as manhãs saía ele para o campo, para trabalhar a terra, enquanto a mulher tratava dos filhos e preparava a comida, que levava ao marido. Naquele dia uma chuva que mais parecia dilúvio obrigou o marido a procurar uma árvore para se proteger e, como a chuva aumentasse e a mulher não aparecesse com o almoço, tendo avistado uma gruta, resolveu abrigar-se nela.

Apareceu então linda moça, que lhe ofereceu frutos para matar a fome, enquanto se ouvia uns ruídos estranhos que pareciam rugidos de feras selvagens.

Fingindo-se forte, perguntou à moça quem era e o que queria.

— Não tenhas medo. Sou a dona do riacho e venho ajudar-te.

O homem agradeceu os frutos e a moça desapareceu, prometendo deixar-lhe todas aquelas terras, e auxiliá-lo para que fosse feliz.

O homem prometeu a si mesmo guardar segredo de tudo que viu e ouviu, nada contando à mulher, mesmo porque começavam a aparecer por ali outras famílias fugidas à seca e miséria das terras onde haviam nascido.

Viviam marido e mulher muito bem e felizes em companhia dos filhos. Todos trabalhavam, a terra era boa e o pequeno riacho de antes começara a engrossar e já era um grande rio, caudaloso e de muitos peixes, grandes e saborosos. Mas, como não há bem que sempre dure nem mal que nunca se acabe, o marido começou a afastar-se da mulher, a mulher a desconfiar do marido.

Certo dia, a mulher procurou o marido mais cedo que a hora do costume, para levar-lhe o almoço, e não o encontrou. Procurando-o debaixo das árvores, começou a ouvir a voz do marido, que devia estar conversando com alguma mulher. Chegando perto e vendo o marido só, perguntou:

— Com quem estavas conversando?

— Ninguém; era eu que estava falando alto.

— Mentes. Sinto que estou sendo enganada.

Então o marido, vendo que a mulher estava convencida que ele a enganava, contou-lhe tudo que se passava entre ele e a dona do riacho. Neste momento sentiu-se ela extremamente aflita por ter desconfiado do marido, adoecendo gravemente.

Foi o marido em procura da dona do riacho. Quando a encontrou ouviu dela:

— Infeliz! Não soubeste guardar o segredo. É este o teu castigo. Podias ser o homem mais feliz do mundo, e agora não tens nem a mãe dos teus filhos.

Quando chegou à casa, a mulher agonizava. Foi enterrada no dia seguinte, junto da árvore grande, na entrada da gruta, perto do riacho.

O marido apenas se conservou naquelas paragens por mais alguns dias. Eram tão grandes os gemidos e soluços que ele ouvia durante a noite, que foi obrigado a pegar nos filhos e voltar para as suas terras.

Uma cura no rio Verde

Um velho casal de franceses, ela sofrendo de achaques e ele de doença incurável, depois de correr vários hospitais em muitos países do mundo e peregrinar por santuários, resolveu visitar o Brasil e apelar para a estância hidromineral de São Lourenço.

Os tempos se passaram e o francês não melhorava. A doença implacável ia minando o corpo, e ele descrente de tudo e de todos blasfemava e perturbava o silêncio e repouso dos hóspedes.

A senhora tomara a seu serviço uma viúva mineira, muito crente e piedosa, que todas as noites, ao deitar, e todas as manhãs, ao levantar, pedia proteção e clemência a Iemanjá e a todos os santos da sua intimidade e desconhecidos. Mas a viúva, condoída do casal de franceses que piorava dia a dia, começou perdendo a alegria, emagrecera e já quase não comia nem dormia.

Certa noite em que não conseguia dormir e o nervoso a sufocava no quarto, resolveu sair para tomar ar, e caminhando ao acaso foi parar nas margens do rio Verde, que banha São Lourenço. Sentando-se começou a traçar círculos na água, quando viu linda Deusa no fundo do rio que, sorrindo para ela, lhe disse:

— Sei o que te preocupa. Volta aqui na primeira lua cheia, com os teus amos e amigos, para que se banhem nestas águas, e serão felizes.

A mineira voltou à casa, mas nada disse. Na manhã seguinte, perguntou aos franceses se eram devotos da Senhora das Águas, a Deusa que habita nas águas, mãe da vida e senhora dos aflitos e desesperados.

O francês, descrente, impreçou e blasfemou contra a mineira. Mas a francesa, muito bondosa, prometeu que se o marido se curasse, ela teria um lindo cordão de ouro com grande medalha da Senhora das Águas, e iria com eles para a Normandia viver num grande palácio, onde corriam rios e havia um grande lago.

Na primeira noite de lua cheia, a mineira e a francesa conseguiram levar o marido desta ao rio Verde. Sentados junto ao rio, o francês e a francesa começaram a melhorar e resolveram banhar-se, sentindo grande alívio e um bem-estar geral.

Passados poucos dias, completamente curados, ofereceram o cordão de ouro à viúva mineira, e voltaram para a França, levando aquela nova amiga cuja fé curara todos os seus padecimentos.

Por lá viveu muitos anos a mineira, num castelo, e conta-se que na madrugada em que morreu, as águas da Normandia gemeram e choraram.

A moça da gaita de bambu no estado do Rio Grande do Sul

Em tempos passados morava nas proximidades de um riacho um pobre lavrador que possuía algumas cabeças de gado e umas terras não muito grandes e pouco férteis. Mesmo assim vivia feliz em companhia da mulher, bondosa e por isso estimada nas redondezas, e uma filha ainda muito moça, irradiando saúde e espalhando alegria, que ajudava os pais nos trabalhos da casa e dos campos.

Os vizinhos do lavrador, senhores de muitas terras e grandes manadas, eram tão ricos como pouco escrupulosos. Endurecidos na criação e no contrabando de gado, ambiciosos e brigões, metidos a valentes principalmente com os mais pobres, eram capazes de matar por um bezerro ou dois palmos de terra.

Certo dia, a mulher do pobre lavrador, correndo atrás de algumas galinhas e patos e perus que haviam derrubado a cerca, fora baleada nas costas e encontrada já morta pelo marido e a filha, que por pouco não morreram de desgosto e tanto chorar.

A partir de então, aqueles campos começaram a declinar e o futuro a parecer negro. Não chovia, ventos secos cortantes agitavam a região e o riacho outrora caudaloso era agora um fio de água barrenta, que mal chegava para matar a sede do gado e mitigar a dos moradores do lugar. Os poços, os pegos, as minas e as nascentes estavam secos e pedregosos, como se no lugar nunca tivesse existido água. A terra endurecera, o pasto secara e tornara-se espinhoso e candente e o gado emagrecera, vendo-se os ossos através da pele fina e sem brilho. De dia para dia os rebanhos diminuíam e os campos da redondeza apresentavam um aspecto macabro de vacas, bois, carneiros e ovelhas agonizantes e mortos.

Só na casa do pobre lavrador tudo continuava como dantes. A mesma pobreza, é certo, mas o gado, embora pouco e rafeiro, estava gordo e luzidio. As vacas continuavam dando leite, que era o melhor e era abundante e o pasto farto.

Os vizinhos do pobre lavrador começaram a desconfiar. Ali havia coisa!... Por que o gado deles, que era de raça, vivia magro, as vacas deixaram de dar leite, e o outro lavrador, que só possuía gado rafeiro, apresentava lindas e gordas cabeças, e nenhuma morria?

Resolveram então vigiar o pobre lavrador e principalmente a filha, que as famílias dos grandes lavradores já murmuravam que tinha partes com almas do outro mundo, por ter sido vista, principalmente de noite, conversando e cantando, ou tocando longa gaita de bambu, junto do pequeno córrego em que se transformara o riacho. Ora, a filha do lavrador, sempre um pouco antes do sol se pôr, saía por ali com o gado, sempre cantando ou tocando a velha gaita de bambu e regressando à casa muitas horas depois, quando os galos já começavam a cantar. Logo na noite seguinte a que resolveram vigiar o lavrador e a filha, foram atraídos por uns dolorosos cantos da moça, que estava na margem do riacho chapinhando com os pés o fio de água barrenta que mal escorria do riacho. Mas nada de descobrirem o segredo que engordava as cabeças de gado e permitia que as vacas e os carneiros e as ovelhas, num tempo de seca como aquele, produzissem abundante e gordo leite e a melhor lã da região. Mas viram pasmados que as vacas e os carneiros e as ovelhas estavam gordos e fartos, como se acabassem de pastar nas melhores e mais verdejantes pastagens do mundo.

Os lavradores foram prevenindo outros lavradores da região e todos juntos espreitaram nas noites seguintes a moça e o pequeno rebanho, mas nada de descobrirem como voltavam fartos daquele deserto ressequido, mal podendo andar todas as cabeças, de tanto comerem. Resolveram, então, emboscar a moça, na noite seguinte, e obrigá-la a revelar o segredo, nem que fosse pela violência e pela força. E se bem o pensaram melhor o fizeram.

Na noite seguinte, deixaram a moça chegar ao riacho com suas vacas e carneiros e ovelhas. Quando a moça mergulhou os pezinhos descalços no fio de água barrenta, os lavradores rodearam-na e, sob ameaças, obrigaram-na a revelar o segredo.

Depois mandaram a moça para casa, ameaçando-a de fazerem o mesmo a ela e ao pai o que já haviam feito à mãe, se contasse a alguém, ou em casa, o que havia sucedido, e ainda a obrigando a jurar que voltaria no dia seguinte, ao pôr do sol, com as suas vacas e carneiros e ovelhas, como se nada houvesse acontecido.

No pôr do sol do dia seguinte, quando se aproximava a noite que era de lua cheia, lá estava a moça com suas vacas, quando chegaram os fazendeiros com as suas grandes manadas de gado de raça, tão magros e doentes que mal podiam andar.

Enxotando as vacas e os carneiros da moça, obrigaram esta a fazer tudo que fazia nas noites anteriores, e que fazia aparecer, como por milagre, lindo e verdejante pasto. Logo a moça, tremendo de medo, sentou-se no mesmo lugar, chapinhando seus delicados pezinhos no fio de água e tocando a gaita de bambu, para em seguida cantar uma ária dolente à Deusa dos Campos e Senhora das Águas, vendo os lavradores pasmados que o fio de água e o leito do riacho se abriam, aparecendo um lindo e verdejante pasto, de farta e gordurosa erva.

As manadas e os lavradores, mal podendo acreditar no que viam, correram para o pasto, os primeiros engodados pela fome e os segundos encantados e felizes pela abundância de comida para o gado, que permitia fazer bons negócios e voltar à antiga opulência, conhecida até para lá das fronteiras.

Logo em seguida o riacho fechou-se e o fio de água barrenta voltou a escorrer no leito árido e ressequido, tragando todas as manadas e os perversos lavradores da região.

A moça juntou o seu gado e, tocando sua gaita de bambu, voltou para casa com suas vacas e carneiros, nada dizendo a ninguém.

No dia seguinte correu célere pela região a notícia de que tinham desaparecido as manadas de gado de raça e os lavradores, estes talvez assassinados por contrabandistas, ciganos e ladrões de gado que infestavam a região. Só a moça sabia o fim que tinham levado as manadas e os perversos lavradores assassinos de sua mãe. E lá estava ela, todas as noites, agradecendo à Senhora das Águas a sua ajuda, que livrou a região de gente tão ruim, e permitiu que voltassem os bons tempos, com muitas chuvas e pasto gordo e farto para toda a criação.

O licor de pequi

Há muitos anos, logo depois dos bandeirantes desbravarem as paragens do vale, apareceu em Montes Claros linda morena ainda moça, de longos cabelos pretos e corpo formoso, que ninguém sabia de onde tinha vindo ou como surgira naquele lugar. Isto foi nos tempos em que ainda não existia a cidade e, sendo o lugar pouco habitado, atribuía-se a aparição a milagre ou obra de espíritos maus.

Fora vista a primeira vez dentro do rio, depois de grandes chuvas e enchentes que inundaram todo o vale. Depois sempre junto dum grande pé de pequi tão grande que talvez nem três homens o abraçassem. Os anos foram passando, e a linda morena continuava correndo por aqueles lugares, descansando junto do pé de pequi ou era vista, em noites de luar, nas águas do rio. Tudo no lugar envelhecia, uns iam morrendo e outros nasciam, mas a morena linda continuava a mesma, saltitando e correndo, desaparecendo e aparecendo onde menos era esperada, sem que ninguém se aproximasse dela para saber de onde tinha vindo, e se vivia sozinha, muito menos qual o elixir que permitia continuar sempre nova e bela, irradiando saúde.

Aqueles lugares foram açoitados por grandes chuvas e temporais, que duraram muitas semanas, tendo sucedido uns dias maravilhosos de sol e campos verdejantes, permitindo que os poucos habitantes do lugar saíssem pescando e caçando. As moças aproveitaram para correr pelos campos, tomar seus banhos e colher flores. Três delas, correndo por ali, terminaram perdendo-se e já extenuadas e febris, acabaram deitando-se junto ao pé de pequi sem forças para andar.

Então apareceu a linda moça dos longos cabelos pretos, que sorridente e muito meiga estendeu uma cuia às moças que sorveram um líquido gostoso. Logo passou o cansaço, e elas se ergueram com forças suficientes para seguir o caminho de casa, que a linda morena indicou com uma varinha, sem dizer palavra, desaparecendo em seguida.

O acontecido correu por todos os lados, até os mais distantes, descendo e subindo todos os rios daquelas redondezas. Muitos homens apaixonados pela moça procuraram aproximar-se do pé de pequi, mas ela corria muito e por vezes, quando estava sendo alcançada, desaparecia como por encanto. Só as moças e mulheres conseguiram chegar perto, e algumas vezes ganhar uma cuia do licor maravilhoso que operava milagres nos doentes e ainda com o azeite e a manteiga que servia para apaixonar, para embelezar e rejuvenescer as moças do lugar que eram as mais belas de quantas habitavam por aquelas terras. Graças à morena linda, as moças casavam logo e as casadas cada vez eram mais queridas pelos maridos e cobiçadas pelos estranhos.

A fama do licor maravilhoso, que curava doentes e apaixonava quem o bebia, correu célere por toda a parte, e chegou aos ouvidos dum velho fazendeiro afidalgado, muito feio e de gênio irascível, que vivia lá para os lados do Rio Grande. Este resolveu pôr-se a caminho e procurar a moça do licor maravilhoso, para conseguir saboreá-lo e ver-se assim amado por linda moça da banda dos Olhos d'Água, que ele vinha tentando cativar, sem resultado por causa de sua feiura e gênio irascível.

Durante muito tempo o fazendeiro e seus homens correram atrás da moça, por aqueles campos, sem conseguirem agarrar a moça, que aparecia e desaparecia sem deixar rastos. Sucediam-se as emboscadas, ora junto do grande pequizeiro, ora nos Montes Claros ou nas cachoeiras, mas quando iam agarrar a moça, ela desaparecia misteriosamente sem ao menos deixar no lugar uma cuia do licor, que seria o suficiente para o fazendeiro desistir e regressar às suas fazendas.

Naquela noite, o luar prateava os campos e os Montes Claros ainda eram mais claros. O fazendeiro e seus homens, emboscados e fortemente armados, esperavam de tocaia a linda morena e seu licor maravilhoso, quando a moça apareceu à pequena distância, sobre uma pedra, segurando a varinha e de cabelos esvoaçantes. Todos se precipitaram em sua direção, disparando as armas ao mesmo tempo e gritando pelo licor.

O susto da moça foi tão grande que a terra estremeceu. A lua escureceu e ouviu-se um tremendo grito, que ecoou por todo o vale, e mais parecia uma trovoada. E ninguém mais viu a moça, enquanto uma chuva torrencial inundava tudo e os rios transbordavam, como se fosse um dilúvio ou o mundo fosse acabar.

O fazendeiro e todos os seus homens morreram afogados e morreram muitos outros homens e o gado, e tudo o mais. Só o pequizeiro permaneceu de pé, naquelas redondezas, alegrando a paisagem desolada com sua flores amarelas.

Os amantes do Engenho da Lagoa

Conta a história que o poderoso Senhor do Engenho da Lagoa – hoje conhecida como Lagoa Rodrigo de Freitas –, correndo por toda a costa até o Pão de Açúcar, conseguira destacar-se dos demais pela crueldade. Era um triste espetáculo, naquelas lindas terras e praias, as surras que aplicava nos escravos, por qualquer bobagem ou pequena tolice praticada.

Pequenos deslizes, que não chegavam a ser faltas mas sim criancices, praticadas por quem vivendo subjugados por desumano trabalho desde o nascer ao pôr do sol, aproveitando os parcos e escassos momentos de liberdade para brincar, eram trucidados no tronco ou punidos na palmatória, até racharem as mãos pala inchação.

Ambicioso e despótico, o Senhor do Engenho da Lagoa era egoísta e queria tudo para si. O que fosse bom e melhor, seria dele e só dele, e de mais ninguém. E o egoísmo era tanto, que escolhia no meio das escravas as moças mais roliças e formosas, não admitindo que tivessem relações ou se casassem sem primeiro amá-las nas florestas e matas do Engenho. Além de cruel e sem coração, era um sensual desregrado e selvagem.

Os escravos do Senhor do Engenho duravam pouco, morriam cedo do trabalho ou envelheciam depressa, alguns fugiam e outros preferiam afogar-se na lagoa ou no mar próximo a sofrer pelo resto da vida em mãos cruéis. Por esse motivo, havia sempre escravos e escravas novas, estas para saciar os instintos cruéis e o sensualismo selvático e lascivo do Senhor despótico.

Um dia, o Senhor foi ao porto buscar alguns escravos que havia comprado. Nessa remessa, existiam um negro e uma negra cor de bronze, de beleza incomparável e olhar altivo, mas que se amavam ardentemente. Eram filhos de dois reis inimigos, que se guerreavam há tanto tempo que ninguém sabia direito, porque o ódio entre os seus povos e as guerras permanentes passavam de pais para filhos. Depois de uma batalha que durou várias luas e de onde os dois reis saíram vencidos pela devastação, pelos incêndios e por grande número de mortos, os negreiros conseguiram aprisionar os restos das aldeias e dos guerreiros e saíram a vendê-los pelas Américas, juntando no mesmo navio negreiro o filho e a filha dos reis inimigos, que logo esqueceram o ódio mortal das famílias e passaram a amar-se na dor e no sofrimento do cativeiro.

O cruel Senhor, logo que soube no Engenho dessa novidade, ficou enraivecido com o negro e passou a persegui-lo, enquanto aumentava o seu desejo pela escrava. Por isso, todos os dias o escravo era preso e surrado, a maioria das noites passava acorrentado no tronco, outras vezes obrigado a trabalhos forçados noite e dia, sem dó nem piedade.

Depois de ter sofrido bastantes horrores e vendo que não podia suportar por muito tempo os castigos e trabalhos forçados, resolveu fugir. Seu corpo sangrando e as mãos esfaceladas. A amada vivia perseguida e a maior parte do tempo sequestrada na casa do feitor, que também a olhava com apetites devoradores. Só se encontravam furtivamente, enquanto o amor no coração de ambos não baixava de entusiasmo, aumentando sempre à medida que aumentavam os sofrimentos.

Fugir para a mata seria morte certa e cruel quando fossem encontrados. Morte lenta, sofrendo horrivelmente, como muitos infelizes cujos gritos, dia e noite, quase enlouqueciam os escravos do Engenho.

Portanto, só havia uma solução: a morte. A morte na lagoa ou no mar próximo, para findar com tantas humilhações e sofrimentos. A noite escura que nem breu, ameaçando temporal violento, uns pingos grossos anunciando uma daquelas chuvas que encharcam e inundam tudo, seria o momento indicado para fugirem, unindo-se na morte, já que vivos os homens de Deus não permitiam a união.

Aproveitando-se da azáfama que ia no Engenho pela aproximação do temporal, fugiram os amantes em direção da lagoa, mas logo foram pressentidos e perseguidos, pelo Senhor, o Feitor e muitos cabras. Mesmo assim, quando todos chegaram às margens da lagoa, já viram os dois amantes correndo dentro d'água. Vários homens entraram na água, para agarrar os amantes, mas quando se aproximaram, os dois desapareceram misteriosamente.

Durante o resto da noite, os homens do Engenho correram pelas margens e nos botes, enfrentando uma chuva que molhava até os ossos. Revolveram a lagoa, o Engenho e as praias próximos, a mata e as grutas, sem encontrar os rastos ou os corpos dos amantes desaparecidos nas águas da lagoa.

O Senhor do Engenho ficou enraivecido e nada podia acalmar a sua cólera, que fazia tremer a todos. No dia seguinte, quando se preparava para mandar açoitar alguns escravos, vieram correndo informar que os amantes tinham aparecido, estendidos juntos na areia da praia, sem feridas nem sangue escorrendo, mais parecendo que estavam dormindo. Quando o Senhor chegou na praia, viu espantado os sinais dos corpos na areia, bem nítidos e contornados, mas os mesmos haviam desaparecido. Quando olharam as águas da lagoa, em procura dos corpos, ouviram uns gemidos abafados, que pareciam sair do fundo da lagoa.

Nos dias seguintes, sempre que o Senhor mandava açoitar alguns escravos, apareciam os corpos dos amantes, vistos por todos os escravos, mas desaparecendo misteriosamente quando chegava o Senhor do Engenho.

O drama dos amantes abalou seriamente a consciência do cruel Senhor, avolumando-lhe as culpas, mexendo nos seus pecados, quebrando-lhe as forças e tornando-o diferente, meigo e interessado em minorar os sofrimentos dos escravos, que agora começavam a gozar de mais liberdade e a receber melhor comida, as moças casando-as e recebendo vestidos coloridos para as festas do terreiro.

Certa noite de verão, lua nova de bons agouros, quando o Senhor olhava pensativo para o terreiro onde os escravos dançavam e cantavam, vieram avisar que os amantes estavam juntos, muito chegados, dormindo na areia da praia da lagoa. Para lá se deslocaram o senhor do Engenho e todos os seus escravos, mas qual não foi o seu espanto ao verem na areia, tantos anos depois, os dois amantes como no dia da fuga e do mergulho nas águas da lagoa.

O Senhor do Engenho, impressionado com o espetáculo dos amantes estendidos na praia, a mão direita dele segurando a mão esquerda dela, mandou fazer dois caixões da melhor madeira das matas e enterrou os amantes na areia. Quando terminaram o trabalho, ao raiar da madrugada, viram atônitos deslizar sobre as águas da lagoa uma linda figura de mulher nua, coberta por longos cabelos pretos, que desapareceu ao longe, nas águas calmas daquela madrugada de verão.

Dias depois, quando o Senhor do Engenho passava por aquelas bandas, viu alucinado que no lugar em que enterrara os amantes, nascera um coqueiro grande e viçoso.

Durante o tempo que ainda viveu, o Senhor do Engenho da Lagoa regenerou-se, passando a tratar todos bem e criando fama de Senhor caridoso e amigo dos seus escravos. E, no resto da sua vida, não se descuidava de todas as noites de lua, ir visitar o coqueiro e meditar junto do seu tronco, enquanto a Senhora das Águas, que habitava a lagoa, velava pelo Senhor e todos os habitantes do Engenho.

Um mau senhor de escravos

Um senhor de engenho, potentado, ambicioso e perverso comprara vários escravos e escravas, onde se encontrava um Rei Negro, linda filha virgem e todo seu séquito.

Trabalhando noite e dia, os escravos foram morrendo de muito trabalho e de fome e dos maus-tratos que o senhor aplicava nos escravos, azorragando-os para se divertir e satisfazer seus instintos sanguinários.

Um belo dia o Rei Negro resolveu fugir, levando a filha violentada pelo senhor, e internou-se na floresta. Perseguido pelo feitor e seus cabras, foi encurralado na clareira da floresta junto de uma nascente que despenhava de grande altura e formava calmo lago de muita poesia. Apanhado com a filha, foi vergastado impiedosamente e depois solidamente amarrado à grande árvore, junto dum formigueiro, e besuntado com mel para que as vorazes formigas o devorassem, num banquete macabro com outros animais ferozes que farejavam o lugar.

Terminado o trabalho, foram agarrar a filha, linda negrinha de ébano, de olhar místico e longas tranças, que jazia quase inerte à beira do lago formado pelas águas da nascente. Mas, no momento de tocar na moça, esta saltou como movida por força sobrenatural e afundou-se nas águas do lago, para nunca mais aparecer.

Convencidos da morte da moça, retiraram-se o feitor e seus cabras e foram informar ao senhor de engenho, para que ele visse com seus próprios olhos o castigo que haviam aplicado ao escravo fugitivo e explicar o desaparecimento da filha, de certo afogada no lago.

No dia seguinte, quando voltaram ao lugar, não havia sinal do escravo nem encontraram o cadáver da filha. Depois de muitas e infrutíferas buscas, ali mesmo o senhor de engenho mandou castigar o feitor e os cabras, resolvendo banhar-se no lago para refazer-se da longa caminhada e voltar ao Engenho. Entrando na água com a sua comitiva, ouviu um ruído estranho no fundo da nascente, logo seguido de triste melodia, nostálgica e infeliz, enquanto uma força poderosa e estranha arrastava toda a comitiva para o fundo da nascente, onde morreram afogados.

Durante muito tempo, quando passava no lugar algum sanguinário senhor de engenho, feitor ruim ou assassino, ouvia a mesma melodia e saía correndo apavorado.

Sexta-feira 13 ou dia aziago

O compadre Honório, antes de morrer, deixara-lhes aquele terreno. Era uma terra pedregosa, sem pinga de água e barrenta, onde não dava bananeira nem medrava o capim.

Jeremias e Sebastiana, por esse motivo, foram obrigados a trabalhar fora para não morrerem de fome. Ele numa olaria e ela na fábrica de cachaça e batidas, lá para os lados de Nova Iguaçu, no Rio de Janeiro.

Naquela noite, quando chegaram em casa de volta do trabalho, Jeremias foi logo alertando a mulher:

— Sebastiana, amanhã é sexta-feira 13!

E fez um drama dos diabos:

— Muito cuidado, mas muito cuidado mesmo, Sebastiana!

Depois veio com uma série de recomendações ditas em ar profético:

— Cuidado com gatos pretos, com ferraduras, mesmo quando elas tiverem sete buracos. Não pise em sal nem passe debaixo de escada, e conte as notas e as moedas, porque se forem treze é desgraça certa. Cuidado com meia de padre e mau-olhado. Se encontrar urubu ou se ele pousar no telhado, saia correndo de casa, pois ela pode desabar em cima da sua cabeça!

A mulher ouvia pacientemente. Por fim deu a sua opinião:

— Bobagens, Jeremias. Esse negócio de dia de azar é para quem não tem fé em Iemanjá. Não acontece nada, não.

Jeremias ficou furioso:

— Ah! Tu não acreditas, não é isso mesmo? Pois tomara que o telhado caia em cima da tua cabeça!

Por fim resolveram ir dormir. Sebastiana, antes de ir para a cama, deu uma voltinha pelos fundos da casa, fitou a lua e rezou:

"Iemanjá, nossa divina Mãe! Que ela não permita que falte comida em nenhuma casa e que todos sejam bons e vivam em paz. Que dos seus seios maternos surja a seiva da fecundação saudável, para que todos os casais tenham filhos e vivam felizes. Que Iemanjá nos proteja."

Jeremias teve pesadelos horríveis. Viu fantasmas tentando agarrá-lo pelo pé, almas do outro mundo empurrando-o para um braseiro que não tinha mais tamanho. Sonhou que tinha sido atropelado, que havia perdido o emprego e que de volta do trabalho, com a féria da semana, havia sido assaltado e apunhalado por bicheiros e maconheiros.

Na sexta-feira, quem acordou primeiro, como de costume, foi a Sebastiana. Sentou-se na cama e sacudiu o marido:

— Acorda, Jeremias!

Ele abriu os olhos cansados de mal dormido, resmungou qualquer coisa que ela não entendeu e depois falou claro:

— Hoje não saio da cama nem a tiro. Nem a polícia me tira da cama! Só se a casa pegar fogo...

— É o fígado? Ou voltou a reumática?

— Pior, mulher! Muito pior!

E, encolhendo-se todo nas cobertas:

— Hoje é sexta-feira 13!

Em seguida deu três pancadinhas na mesinha de cabeceira, beijou a ponta do lençol e virou para o outro lado. A mulher, contudo, insistia:

— Mas e o trabalho, homem?

Sem se voltar, Jeremias berrou:

— Que vá para o Inferno!

Sebastiana não estava gostando muito da coisa. Um dos patrões de Jeremias era um alemão, bigodudo e cara de poucos amigos, gente ruim e descrente além de metido a valente. Se faltasse ao trabalho ia dar bode na certa. Voltou ao assunto:

— Tu não vais trabalhar?

— Trabalhar? De jeito nenhum! Hoje não levanto da cama nem a tiro!

Sebastiana já ia saindo para o trabalho quando ouviu o Jeremias gritar:

— Não, não! Sebastiana!...

Ela quase morreu de susto:

— Que há? Alguma dor?

— Não. É que você ia sair com o pé esquerdo!

A mulher virou as costas e ainda foi apanhar mais umas coisas. Depois saiu para o trabalho, deixando o Jeremias na cama.

Durante o dia escureceu o céu e levantou-se temporal violento que parecia não abrandar mais. Vento forte e chuva grossa turvavam ainda mais aquela sexta-feira 13, pouco favorável e muito carregada. Sebastiana chegou a maldizer a hora em que tinha saído para trabalhar, enquanto o seu homem ficava em casa, no fofo quente da cama, e tendo agora que enfrentar aqueles caminhos ruins, o mar de chuva e o lamaçal escorregadio que a separava de casa.

Lembrou-se de Iemanjá e mais uma vez rezou a sua fezinha.

Quando saiu do trabalho anoitecia bonito, sem chuva nem vento, um tempo gostoso e uma vontade irresistível de chegar depressa à casa. Meteu-se a caminho, pensando naquela sexta-feira 13, em que tudo correra bem graças a Iemanjá e continuou andando e pensando na janta, que a fome apertava. Ia aproximando-se de casa, cada vez mais perto, até que entrou na curva do caminho em que avistava a casinha, muito simples, muito pobre mas acolhedora. Encaminhou-se para lá e já ia abrir a porta, quando olhou pela janela e viu telhas pelo chão, mesa e cadeiras partidas.

Abrindo a porta, depois de fazer muita força, viu logo que o telhado tinha desabado. No quarto, lá estava o Jeremias, deitado como o deixara, de cabeça aberta pelas telhas e todo queimado. Durante o temporal, um raio reduzira a casa a escombros e queimara o Jeremias, fulminando-o na cama de onde não quisera sair, naquela sexta-feira 13, sob a proteção de Iemanjá.

Iemanjá e o Caipora

Numa pequena fazenda do interior de Minas, próximo dum lugarejo pequeno e pobre, viviam mulher, marido, uma filha e um sobrinho. Petronilha se chamava a filha, muito arisca e meio selvagem, correndo por aquelas fazendas acompanhada do grande e bonito cachorro Sultão.

Seu pai semanalmente ia à cidade ou à feira vender os produtos da fazendola, demorando dois a três dias fora de casa e levando o sobrinho, por quem nutria alguns ciúmes com a mulher e a filha.

Numa daquelas vezes em que seu pai fora à cidade, ao anoitecer, achavam-se Petronilha e D. Jacira, na sala, quando o cachorro começou a rosnar junto à porta. Petronilha, cansada de correr o dia todo, deitou-se numa rede que por ali havia e ficou a conversar com sua mãe. Porque o cachorro continuasse, em dado momento, Petronilha deu um longo assobio, para acalmá-lo.

Logo depois ouviram do lado de fora outro assobio, como resposta, enquanto Sultão, o cachorro, corria para junto de Petronilha, ladrando e o pelo eriçado de medo. Curiosa, Petronilha voltou a assobiar e, de fora, ouviu-se novo assobio, respondendo.

Mais duas ou três vezes ela repetiu a experiência, sempre com o mesmo resultado. Percebendo o insólito naquelas respostas, uma vez que ninguém poderia estar ali àquelas horas, com tais brincadeiras, D. Jacira repreendeu a filha:

— Vamos parar com esses assobios, Petronilha.

A moça imediatamente obedeceu-a, mas do lado de fora os assobios continuaram, parecendo aproximar-se cada vez mais. E já não era um só. Eram muitos, como se várias pessoas estivessem em torno da casa. D. Jacira correu a fechar a janela e voltou a sentar-se, mas os assobios não paravam e eram positivamente sobrenaturais.

D. Jacira e Petronilha, alarmadas, correram para o Santo Antônio e lá ficaram a rezar. Mas, pelas frestas, soavam os assobios, cada vez mais apavorantes, amedrontando as duas.

Em dado momento, D. Jacira relembrou-se da sua infância em casa dos pais:
— Será o Caipora?!... Santo Deus! que Iemanjá nos valha!

A tradição naquelas redondezas recomendava um recurso para aqueles casos... Buscou uma faca, foi à dispensa onde cortou uma lasca de fumo de rolo do marido, apanhou sal, e, corajosamente, abriu a janela e atirou o fumo e o sal para o terreiro.

Quase que imediatamente cessaram os assobios. Durante muito tempo ainda aguardaram que, do lado de fora, viesse qualquer assobio. Mas não ouvindo mais nem um pio foram deitar.

No dia seguinte, quando Malaquias e o sobrinho voltaram da feira, D. Jacira e Petronilha não tiveram coragem de contar o sucedido na noite anterior. Mas o sobrinho, ainda assustado, contou às duas que de madrugada, a menos de uma légua da fazenda, passou por eles um homenzarrão coberto de pelos negros por todo o corpo e que seguia montado num enorme porco de chifres. Ele sofrera um susto, mas baixara a cabeça e invocara Iemanjá, Deusa dos Animais.

Tempos depois, vítima de febres, Malaquias faleceu. Jacira, Petronilha e o sobrinho venderam a fazenda e foram morar com uns parentes, no interior da Bahia.

Algumas semanas passadas, certa noite, o sobrinho estava no quarto deitado, quando ouviu perfeitamente um ruído, como se alguém estivesse mexendo no trinco da porta e uns passos arrastados de alguém que se afastava. O sobrinho não deu importância, julgando tratar-se do vento. Mas na noite seguinte o fato repetiu-se, ainda mais nítido.

Desta vez tudo era mais forte e mais claro. O sobrinho riscou um fósforo, acendeu o lampião, abriu a porta, percorreu a casa, mas nada encontrou de anormal. E na noite seguinte a mesma coisa. No outro dia falou com a tia e a prima, mas tinham-se recolhido cedo, adormecido logo e não ouviram nada. A tia recomendou:

— Alguém quer falar com você. Não acenda a luz. E não tenha medo. Tenha fé e reze todas as noites a oração de Iemanjá, que nada lhe acontecerá.

O sobrinho ficou amedrontado, pensando quem poderia ser:
— Será o Caipora?... Será o tio Malaquias?... Ou será o meu pai?...

E ficou recordando o encontro com o Caipora, o seu tio Malaquias, bom homem mas muito sovina e ciumento, e seu pai e sua mãe, que ele mal os conhecera.

Na noite seguinte, o sobrinho seguiu o conselho da tia. Rezou a oração de Iemanjá, fez a sua promessa de lançar muitas flores à Senhora das Águas e esperou o aparecimento do morto ou do vivo, pensando na prima, cada vez mais bonita e cada vez mais mulher. E por várias noites aguardou, começando então a duvidar, se tudo não passava de sonhos ou visões. E assim foi esquecendo o acontecido, passando à vida normal.

Naquela noite, D. Jacira despediu-se do sobrinho dando-lhe um beijo calorento, e a prima ainda ficou conversando, despedindo-se dele com um olhar maroto e um andar rebolado dos seus quadris excitantes. O sobrinho foi para a cama pensando na tia e na prima, e já pegava no sono quando foi acordado por esse inconfundível ruído no trinco da porta. Seu coração disparou, o sangue fervia-lhe nas veias. Apelou para Iemanjá e rezou muito, fazendo promessas.

O quarto estava escuro que nem breu, mas de repente ouviu-se o barulho de abrir e fechar a porta e, no mesmo instante, uma luz começou a crescer, aumentando sempre. E o sobrinho começou a ver, vagamente a princípio, e mais claro depois, uma figura de homem, percebendo então que era seu tio Malaquias, que lhe falou com certa dificuldade, em tom cansado e humilde:

— Sobrinho, você está me ouvindo? Há muito tempo quero lhe falar, mas você me evita... Foge, não escuta...

— É porque eu tenho medo, tio Malaquias.

— Nós também temos medo dos vivos!

O vulto ficou parado uns instantes, como que pensando e acabou dizendo:

— Sobrinho... eu queria lhe falar... É que, em vida, eu tive uma suspeita grave de você...

— De mim?

— Sim. Pensei que você, quando eu era vivo, tivesse alguma coisa com a Petronilha ou com sua tia Jacira...

— Mas o tio sabe que não é verdade. Nem depois de morto...

— Hoje, sei, sobrinho.

A situação era embaraçosa. O sobrinho percebeu que o tio estava querendo dizer mais alguma coisa. Por fim ouviu:

— Sobrinho, você me perdoa?

O sobrinho ficou comovido até às lágrimas e respondeu:

— Está perdoado, tio Malaquias!

— Olha, sobrinho, casa com a Petronilha, se tu a amas, podes levá-la e que Iemanjá os proteja. Mas cuidado com a tia Jacira. Ela é muito gulosa!

O espectro foi afastando-se e o quarto escurecendo. O sobrinho, ainda pensando no tio Malaquias, começava a adormecer, quando sentiu abrir e fechar a porta do quarto, mas não viu ninguém. Logo depois, sentiu dois braços a envolver-lhe o corpo, gelando-o completamente. Só quando uns lábios quentes encostaram no seu rosto e procuraram a sua boca, é que ele sentiu e compreendeu que era o corpo amoroso de Petronilha que lhe murmurava no ouvido:

— Foi Iemanjá! Estava rezando quando a grande Mãe me disse para vir ter contigo, que meu pai Malaquias assim o queria e nos abençoava.

Nunca mais o sobrinho foi incomodado pelo espírito do tio Malaquias ou pelo Caipora. O tio sossegou tendo finalmente obtido o perdão desejado e o sobrinho viveu muitos anos feliz com Petronilha, de quem teve muitos filhos.

Candangos

Três baianos, sem trabalho e vivendo pobremente, resolveram ir trabalhar nas obras de Brasília. Um compadre que fora para lá contava maravilhas do lugar e garantia que havia trabalho para todos naquela terra da promissão.

Puseram-se a caminho, ora a pé ora de carona e foram indo. Mas os dias se passaram, o caminho era longo e já quase não podiam andar, extenuados e com fome, quando uma noite avistaram uma luz ao longe, naquele descampado. Para lá se dirigiram e bateram na porta. Uma mulher, ainda nova mas de preto, veio abrir e perguntou quem eram e o que desejavam.

Somos baianos e vamos para Brasília. Queremos dormida por uma noite e alguma coisa de comer. Mas não temos com que pagar, senão com trabalho.

A mulher mandou entrar todos, e foi fazer a boia. Depois de comer, a mulher contou a sua desdita.

Viviam felizes naquele descampado. O casal de filhinhos alegrava o lar. O gado engordava e a terra dava tudo. Mas o homem morrera que nem um passarinho, já fazia onze dias, e ela não tinha mais alegria para nada. Nem conseguia dormir. O casal de filhinhos, Yara e Gitirana se chamavam, tinham perdido a alegria e definhavam.

Na noite anterior tivera um sonho ou visão. Quando apagara a luz para dormir, abraçada aos filhos, Iemanjá ou a Senhora dos Aflitos iluminara o quarto e lhe dissera:

— Abandona estas terras e vai procurar a felicidade com teus filhos, em outras terras. Vai para Brasília, a terra prometida, onde jorrarão o leite e o mel. Surgirá uma grande cidade no sertão, e será a terra onde encontrarás a paz e a felicidade perdida.

Aqueles baianos que chegaram de noite, a caminho de Brasília, eram na certa os mensageiros que a guiariam até a terra da felicidade. E ela estava resolvida a abandonar aquele lugar e seguir com eles para Brasília.

No dia seguinte puseram-se a caminho. E durante muitos dias e noites continuaram andando, até que exaustos, já sem forças e doentes, foram parar num ribeirão, de águas puras e cristalinas, onde se refrescaram e logo adormeceram.

Noite alta, quando a lua cheia iluminava o ribeirão, os campos e os corpos exaustos, uma voz bondosa, mas firme, ordenou:

— Levantem-se e andem. Eu os levarei a Brasília.

Acordando todos, sentiram-se mais leves e corajosos, com forças para andar, e meteram-se a caminho. Ao raiar do sol avistaram Brasília e horas depois estavam na cidade em construção.

No dia seguinte começaram todos a trabalhar nas obras. A mulher cozinhava, lavava e cosia para os candangos, e vivia feliz com os filhos. Só lamentava ter perdido o marido e não ter um companheiro que protegesse os filhos. Mas a sua fé na Senhora dos Aflitos, que é a Deusa dos Caminhantes e a Senhora das Águas, não esmorecia.

Logo depois casou com um dos companheiros da viagem para a terra da promissão. E têm sido muito felizes.

Rua Xavier Curado, 388 • Ipiranga - SP • 04210 100
Tel.: (11) 2063 7000 • Fax: (11) 2061 8709
rettec@rettec.com.br • www.rettec.com.br